巴黎之吻

Pariski poljubac

Jasmina Mihajlović

〔塞尔维亚〕雅丝米娜·米哈伊洛维奇 著

刘媛 译

浙江出版联合集团
浙江文艺出版社

巴黎文心

目 录

第一部
001

第二部
105

第三部
169

第一部

多数时候，我算是乐天派。身边人说，我总是欢欣鼓舞。丈夫却一直对我说，我是个难以满足的人，如果我有半杯水，我只会抱怨玻璃杯未被斟满的部分。他还断定，我是个乌鸦嘴。

不，不是乌鸦嘴。我只是能预知未来。正所谓一叶知秋，我试图通过蛛丝马迹预言十年后，乃至一百年后的情境。当然，对于自己的未来，我却无法预知。可谁又可以呢？

旅行时，我对未来的预感尤为强烈。这很好理解。旅行让我从日常生活中挣脱。日常生活总是蒙蔽我们的双眼，倒不是因为它一成不变，恰恰相反，是因为它的变化过于迅猛。一旦飞机飞离跑道，随着高度不断升高，我能感受到一股愈加强大的能量，喉咙开始发干，惴惴不安地等待着挣脱地球表面的时刻。起飞！

"现在，我们自在、温柔、轻盈……"那些瞬间，我的头脑中闪现出茨尔年斯基的诗句。

稀薄的空气和令人昏眩的低温让我学会去"看"。见我所见,无拘无碍。我的头脑会不自觉地对现实世界进行逐层扫描,急不可待地破解其中的奥妙。然而,2006年11月,我目光所及之处皆是漆黑,当时我的身心状况极为糟糕。你或许会问,我为什么就不能像那些教养良好的塞尔维亚人一样,置身黑暗也能不为所动。天知道为什么!

我去了巴黎。这是我第二十次去巴黎吧。我们夫妇二人每年至少去一次巴黎,把臂同游。我曾在那座城市生活过一阵子,之后彻底为之沦陷。法国巴黎一度被我视为第二故乡、精神家园。但很快,我便厌倦了它。类似地,贝尔格莱德之于我也是如此。或许是因为我长大了的缘故。天知道为什么!

当下,我们所生活的时代,因袭三千年的种种规范与准则被推翻,数字时代已经来临,世界再也不会被简单划分为耶稣诞生前和耶稣诞生后,而是迎来全新的纪元。新纪元!数字信号代替了模拟信号,移动电话取代了固话。这是飞速发展、节奏紧张的新世纪,弱肉强食,变革接二连三,人们也随之迷惘(置身其中的我们无一幸免)……过去和未来变得无足轻重,"现在"成为唯一被奉若神明的时刻。地球上的每个角落都被这股新锐浪潮席卷,无一被排除在外。没有一个地方能抵挡住这股浪潮。无一幸免,亲爱的读者,我们不得不接受这个事实。哪怕你自认生活在世界尽头某个贫瘠的边地小国,你也要知道,再也不存在世界尽头、边界地一说了。地球是圆的,卫星在我们头顶朝着四面八方发射无线电波。你唯一能做的不过是埋怨尼古拉·特斯拉先生,因为是他构想了这个无线信号无处不在的世界。

现在,回到机舱,置身其中的你会觉得目光所及无不在手掌之中。无论黑夜,还是白天,感觉是类似的。事后回想起来,我甚至觉得自己无须坐在窗边,就能感知身下那片天空有枕头般蓬松的云朵流过;看着玻璃杯中晃动的液体,就能感知阿尔卑斯山的山峰在身下掠过,山巅与玻璃杯中的水面发生着微妙的共振。

如今,各式各样的通信手段飞速发展,曾经奢侈的航空旅行甚至会让人蒙羞。不仅仅是身体上的折磨,甚至还有精神上的摧残。即便是坐飞机旅行,我们也不得不面对一处处关卡!每一位乘客都被视作潜在的、以携带形状各异的炸弹为乐的恐怖分子。总之,嫌疑人无处不在!我丈夫曾说过,透过飞行条款最能洞见这个时代,这是一个必须自证清白的时代,否则就会被冠以罪名。机场为了排查可燃性液体,手段堪称无所不用其极。人们不仅要通过金属探测门,还要交出私人行李中的尖锐物品(比如指甲锉子),脱掉鞋子、腰带和外套,现在,甚至连水都被视作危险物品。哪怕只是一小时的飞行，他们也要检查你两次。最少两次！安检耗费了大量的时间。比照下机场税和飞机票价格，你就清楚自己花费了多少安检费了。很长一段时间里，我以为这些束缚乘客的紧箍咒是为了我的安全着想，直到我发现安检费用已经超乎我的想象①。现在，当我穿过虚张声势的机场边检时，感觉自己就像准备进行外科手术的病人：赤脚穿着蓝色鞋套，手里攥着袋子，袋子里是几只容量为一百毫升的瓶子。老天爷，我拿袋子的样子真像插着导尿管的病人！总有一天，乘坐飞机的人们在登机前会被要求赤裸身体，进行一番反文明的体液检查了②。

这些烦琐的限制和禁令究竟是在维护什么？莫非只是维护限制和禁令本身？！

飞行途中，他们就像侦察兵一样给我们送上无菌包装的三明治。本国的航空公司相对大方！昨天之前，在我乘坐的航班中，实力最雄厚的要数瑞士航空了。但在他们的航班上，三明治和水都要收费。事情就是如此，新时代提出了这样的规则：巧取豪夺，锱铢必较——为了更多的钱

---

① 我不知道容器容量的存在有什么意义，它是过时的东西，属于那个我们去买一百克花生还没有电子秤、条形码和电子收款机的时代。（本书脚注若无特殊说明，均为作者注。）
② 在机场，男女偶尔会被区别对待。男人们被要求脱鞋子的情况更少！他们的鞋跟包含的金属更少。不过，他们经常被要求解下皮带。

财,不择手段。

我差点忘说了,因为巴黎机场起雾,飞机在贝尔格莱德机场耽搁了两个小时。他们却像对待牲口似的,将我们驱赶至一处寒冷的玻璃隔间里(夏天则会闷热难当),告诉我们航班延误了,但不让任何人走出休息室一步。那场景和早晨六点的福利康复中心别无二致①。(不一会儿,人们就和我聊起他们的愉快旅程。)

正午时分,飞机竟然在浓雾笼罩的巴黎机场降落了。我可真是蠢得可笑,居然相信了塞尔维亚人最常用的浓雾一类的拙劣借口,这不过是他们使出的障眼法,他们擅长编造乌七八糟的故事。

*

过去的许多年里,我们到巴黎总是住在诺曼底酒店的

---

① 如果你拿着塞尔维亚护照旅行,就准备在旅途中遭遇更多的困难吧。你的航班要么在深夜,要么在凌晨。最极端的情况是,你第一天出发的时间不得不拖延到晚上 11:55。托运行李、换登机牌的柜台设在航站楼最偏的角落,柜台前总是挤满了人。飞机会停在最远的"停机区域"。至于接驳的交通工具,选择颇多,却又管理混乱。酒店又老又破。导游很多时候一头雾水。本地的导游急于索要小费。如果你来自更富裕的国家,也会遭遇类似的事,只是没有这般明目张胆。即便如此,你也只是被安排在更干净的地方,给你相对人性的待遇。

407房间。这间五边形的屋子可以看见卢浮宫的外墙,虽然饱经风尘与沧桑,它仍旧散发光亮。酒店有着便捷的地理位置,但在法国仅仅算得上四星级。在数码时代,这幢建筑显得俗气极了,房间是那种典型的过时的法国风格,只能"糊弄乡巴佬"。

这里住客很少,前台只有分发入住登记表的接待员。在新时代,你需要填写的并非护照号码,而是信用卡号。类似地,居住地址也被虚拟的移动电话号码和电子邮箱地址所取代。只有签名是需要在现场完成的。至少现在还没变。除非有一天,各处都开始安装用来验证身份的瞳孔扫描仪①。

前台附近锃亮的玻璃柜里陈列着象征酒店档次的商品:绣着金色字母的浴袍(房间里没有),印着金字的雨伞(仅供观赏),一只装着面部和身体护理用品的浴篮(除非有钳子,否则别想拧开沐浴液和洗发水。我洗头发的时候只好用贝尔格莱德本地杂志附赠的洗发水小样,因为这是我仅有的能带上飞机的女性护理产品)。

---

① 我想起茨尔年斯基和他那部有着颇为吸引人标题的小说《一滴西班牙人的血》,尽管评论家们对这部作品不以为意。我之所以想起他,是因为我意识到新的鉴定个人身份的方式可能会在全球推行,比如每个人都有一个生物护照。到那时候,我们就可以凭借一滴塞尔维亚的血证明身份,再也不会心生怨怼了。

走进房间，我就发现了一处微妙的变化。阿拉伯女佣把两张床稍稍地分开了些，于是典型的法国风格的大床，这色情的王座，被装点成两张东方情调的单人床。老天爷，生活在法国的人可真有一套！在此之前，我没有想到能有这样的变化。这两种风格，看似要么如此，要么如彼。我从没想到，它们可以互相转化，和谐共存。

我将两张碍眼的单人床重新并到了一起，开始了我的巴黎式田园生活。

首先，我透过那扇熟悉的窗户，打量起周围的建筑。这里堪称全世界都市的中心，却不再是宜居的中心。在这儿，人们只能工作。这里的人们一向都疲于工作。我望着街对面的屋子，里面有两位不知原籍何处的棕色皮肤的混血儿正在缝皮夹克，还有一个人正在熨衣服。经理——那位法国男子，就在隔壁的房间，坐在一张小小的办公桌前，不时地打量在里屋忙活的工人。啊……在君士坦丁堡，我曾透过佩拉宫殿酒店的窗户，看到土耳其男子们没日没夜、不知疲倦地烤蛋糕。此刻，男人们则埋头缝纫。不过，在土耳其揉面团的是土耳其本地人，但在法国，只能是法国人之外的其他人承担缝纫工作，这是唯一的区别。此外，不乏相似之处，在这两座城市，男人们所从事的都是曾由妇女负责的工作。现实赫然在目：三千年来，种种试图跨越性别差异的努力逐渐取得了成效。

我马不停蹄地回到街上。在大城市旅行可是一笔大开支。如果你想获得精神和物质上的丰收,一定要抓紧时间。经历意味着精神上的收获,至于物质上的收获,则源于购物和美食。尽管对女人来说,多数时候,通过购物获得的物质上的收获和精神上的收获并无二致。至于男人,则更热衷于美食。

卢浮宫卡鲁塞尔商廊就在酒店附近,那是一条时尚商铺遍布的购物街,还埋葬着耶稣的妻子抹大拉的马利亚(至少丹·布朗这么认为),卢浮宫的地下入口也在那儿。要从其他入口进入卢浮宫,必须穿过著名的玻璃金字塔,当然最终还是要回到地下。要想进入卢浮宫,绕不开地下通道。

一想到要游览这座世界上最大的博物馆,我便惊惶不已。入门的过程类似登机。为什么我必须通过重重关卡?检查处、安检门、衣帽间、租借语音导览器、阅读自动售票机的操作指南(尽管多数时候派不上用场),每个步骤都在消耗我的精力,参观变成了十足的折磨。我看着那一列列被强行排成行的画作和雕塑,感觉头晕目眩,不知所以。导游只会添乱。他要么一边拽着你从一个展品匆匆辗转到另一个展品前,一边以光速发表游客们最爱的即兴演讲,要么在画中人的注视下尴尬地念叨学院式的陈腐解说词。这时,我通常会选择透过博物馆的窗户(运气好的时候有那么一扇），眺望内庭或者街道（运气太好了），又或者呆望着其他游客①。此外，我对历史掌故并无兴趣，我不想听那些陈年往事。历史已变成任人涂脂抹粉的小姑娘。Carpe diem②，抓住今日，活在当下。悟已往之不谏，知来者之可追。只有今天的我才是真正的我。

这次，我下定决心不去任何艺术仓库、博物馆、画廊，我不再沉迷于种种展示现代乃至未来生活的流动盛宴，不再沉迷于街头艺人、林荫大道、商店橱窗、超市、大卖场、精品店、小酒馆、餐厅、建筑外墙、人们的举止。我只想买、买、买……

我早已精通在巴黎乃至全法购物的技巧。我应该是在格勒诺布尔唯一一个能够在购物一事上获得"博士学位"的塞尔维亚人！在尼斯、戛纳、里昂、阿维尼翁、艾克斯莱班、翁弗勒尔、上萨瓦、诺曼底，甚至在法兰西的乡间，à la campagne③，我都能应对自如……我和我丈夫两

---

① 我不清楚其他人是否有类似的感受，按照现代标准建造的飞机场和大型博物馆颇为相似。它们都被隔绝在现实时空之外。你走进去，就像走进时空被取消的密室。窗户经过了处理，你不会被外部的景观吸引。空气也经过人工处理。因为藏品，空气的湿度也被控制。它就像一个迷宫，你不禁昏昏欲睡……
② 拉丁语，源自古罗马诗人贺拉斯的《颂诗集》，意为：活在当下，不念明朝。——译者注
③ 法语，意为：在乡间。——译者注

个人，只有我们俩，曾经在法兰西乡间的小城堡生活过。我们见识过奔驰着各色品牌轿车的法国高速公路网，无论其长度还是宽度都令人咋舌。我们坐过有着玻璃顶的双层火车、慢车和要求乘客像坐飞机一样固定在位置上的TGV高铁。十多年前，我们还在巴黎三区的玛黑区的公寓里长居，那里的街区还保持着中世纪的风貌。

但当数字时代降临，一切都变了……

新时代不是凭空降临的。所有的时代都是渐进式发展、渐衰式消隐的。新时代降临时，影响的不是数百人，而是千万人。新时代影响了整个世界，也影响了每一个人。对于某些人来说，新时代还没有开始。但对于绝大多数人，它已经发生，已然降临。对于我，新世纪在2006年，才姗姗来迟。确切说来，它降临在2006年11月。当时，我在巴黎。

*

从前，时光悠然。不知道从什么时候起，事物的保鲜期迅速地缩短。一切只为了今天存在，昨天成了一段悠远的岁月，以越来越惊人的速度远离。当下的密度惊人，让人想起那些真空袋，空气抽光后，数量庞大的事物都被压缩在极微小的空间里。

不过，当我走进卢浮宫卡鲁塞尔商廊，走进位于地下三层的我最爱的名为"自然"的商店时，我才意识到自己大错特错。店里的光线十分神秘，出售的东西与当下潮流格格不入。别误会，它可不是什么不入流的小店，确切地说，是遍布法国的连锁商店。如今，自然已经成为一件奢侈的、难以企及的"商品"。没错！这家"自然"商店出售精致的家用气象仪、会发出潺潺流水声或鸟叫声的变色水晶球、经微波炉加热就会释放出精油芬芳的香囊、放在精致铁罐里的进口茶叶、禅乐、望远镜、铁铲、狩猎时用的帽子、安神用的喷泉装置、空气加湿器、绘着星座的大气球、火焰般的水晶台灯……这些商品就像一个小宇宙，或具备教育意义，或有助于冥想，或有镇静效果。每年，我都会买下一两件。一次又一次，我把"自然"从巴黎带回我们位于多乔尔的家。我爱极了这些东西。它们如此神秘，让我从当下抽离。他们是我最宝贵的收藏，是我必不可少的安慰剂，是我的救赎。

我来回穿梭着，东西的式样甚至连空气中的香味都让我倍感熟悉。我嗅到苦涩的药草和远东药水的异香，听见水流的咕噜声和顾客拨动管钟的声音，看见那些陈列在现代风格的塔楼形包装里的闪光秘石。我感到某种本体性认知的晕眩。如此真实！眼前的一切，我曾见过，我曾拥有，在现实中，又或者在梦里。这一切，我曾经历过。我的灵魂属于某位老妇人……

"我们回家吧。"我对丈夫说。

"这里没有我们的家。很久以前,我们就把公寓给卖了……"他说。

"我是说,回酒店吧。而且,公寓是 2001 年卖掉的,算不上很久,不过是五年前。"

"整整五年了!"他反驳道。

好吧,我想,夫妇之间的争吵在所难免,这次是你自找的。

"是的。我们是在 21 世纪的开端把它卖掉的。"我继续辩驳道,"而且你是一个塞尔维亚人,即使你在文学界颇有声望,也没法再在巴黎买一套公寓了。如今,英语作家可能还有机会。不过,即使他们写出了畅销作品,也买不起,除非作品被好莱坞改编成电影。慢节奏的文字时代已经过去了。图像时代也注定消逝。图像也太'慢'了。现在是符号的时代。想想那些禁止标志的招牌:禁止吸烟的标志、禁止使用手机的标志、早上十点前必须退房的提示;记得吗,瑞士的火车车厢里,还有禁止聊天的提示……"

"我们的损失惨重。我俩都是作家!"

"我是女作家,生理意义上的女作家……你的稿酬是我的五倍。"

"好吧,这也是我想说的……"他继续说道。

"不……不……恰恰相反,我想告诉你,为什么你的稿酬会是我的五倍。因为,对史前阴茎崇拜的缅怀还没有消逝。未来的某个时刻,女人写下的每个句子,价格将是现在的五倍……"

"你根本没给我说话的机会,就开始发表类似后女性主义的言论。我想告诉你,你总是盯着玻璃杯里空着的部分。稿酬是我们的劳动所得!我们同为作家,只是性别不同。此话不假。但男人在你所谓的史前时代就已经开始挣钱,你们到了现代才开始挣钱。别和我谈未来,我们说的是现在。"

我不喜欢被驳斥。我只好保持沉默,长久的沉默,女性特有的沉默。我感觉咽喉被锁住。我之所以这样,仅仅是因为我被冒犯了吗?

"想吃点什么吗?"丈夫①问我,颇有些施舍的意思。

这种怜悯的神情让我愈加反感。怜悯者竟然还是我的丈夫。我被彻底激怒了。讨好能终止争吵,但争吵是如此美妙。你可以扇巴掌,大吼大叫,公然蔑视,你释放出身体里的怒火,用毒害他人的方式解自己的毒。从世界诞生之日,伤害自己所爱的人是最符合人性的愉人消遣。

---

① 本书中,我会用 M 称呼我的丈夫。

"你怎么会想到在下午两点之后来一顿法国大餐？"

一个美好的国度需要完美的行政规划，确切地说，需要数百年来得以严格落实的行政规划。法律、规章、禁令，当然还要有因地制宜的时刻表。法国的黎明总是姗姗来迟，九十点钟天才亮。日复一日，黎明和黄昏并无二致。天大亮了，商铺才开张。十二点到下午两点是午饭时间，太早或太晚都没得吃。工作在下午五点结束。商店则在七点关门，餐馆这时才重新营业。法国的餐馆就像工会联盟，带着一丝乐天知命的尊严。没人能打破这约定俗成的时刻表，甚至是想一掷千金的游客也不行。如果你想在下午两点之后吃午饭，只能选择散布全世界的连锁快餐店或即食三明治。当然，它们都不是法国菜。

我没法适应法国的时间表。我的塞尔维亚神经和消化系统都受不了。我想购物的时候，他们在吃饭；我想吃饭的时候，他们在喝咖啡；我想喝咖啡的时候，他们正专注于工作无法自拔……一切都乱了套。

出人意料的是，附近一家名叫 Vin & Marée（葡萄酒和浪潮）的餐馆竟然愿意招待我们！我猜，他们，确切地说，是整个法国的经济状况都不好。

生活在西方世界的塞尔维亚人一直试图让我相信这片土地正经历着经济大萧条——从未有过的萧条，经济跌至谷底。贫困、失业、民怨、政治争端，足以造成社会动荡——此地不宜居。离散在外的塞尔维亚人厌恶他们的新家,计划着有朝一日返回故土。但始终未能成行!不仅是他们没有回去,实际上,还有越来越多的人离开祖国……多么口是心非!多么表里不一啊!

"你想要什么酒,夫人?"衣着华丽的侍者一边问,一边卖弄风情。

"能给几个简单的选项吗?法国酒有千百种,能推荐几种你觉得不错的吗?"我把问题又抛了回去。

"夏布利酒。"他颇为倨傲地说。

"那给我来一杯夏布利酒吧!"

M瞥了我一眼,眼睛瞪得圆圆的。

"知道你点的是什么吗?"

"怎么啦,这酒总不会比整个餐厅还贵吧。那种放在保险箱里的才是珍品,我看过关于这种酒的电视节目。这里的酒不过是普通货色。我只点了一杯,又不是要买下整个酒窖。"

侍者抱着一瓶酒和一只巨大的、光彩夺目的玻璃杯出现了,和我透过索尼电视巨大的LCD屏看到的包装精美的商品一模一样。他给我倒了一小口,让我品尝。我一饮而尽。难以下咽!

"这酒实在和它的盛名不符……"我对侍者说。

"夫人,这可是我们餐馆最好的葡萄酒!全法国最好的葡萄酒！"

顿时,外省人特有的不自信将我击中,我只好改口,正所谓覆水难收:

"噢,是的,我的味蕾被它征服了,我尝出它的好来。给我斟满!"

菜也来了。是生蚝,也是我一向热衷的食物之一,可尝起来却太咸了。它们就像从海里捞上来的人工凝胶。我到底怎么了?我大概已经病入膏肓,是脑瘤,还是结肠癌?

"我们回酒店吧,快点!"我说,"我有点不对劲,我没法购物,没法吃东西,甚至连夏布利酒也喝不下……简直是世界末日。大概因为天气反常。明明是十一月,却暖和得像春天。人们都在享受阳光,却没有意识到阳光背后的阴影。这是温室效应的结果,全球气候变暖,二氧化碳是罪魁祸首,还有自由基、太阳风暴……"

"求你别再念叨那些生态常识了。你只是累了。航班一再延误,我们被折腾得精疲力竭。我现在就想打个盹儿。"

我一直不理解为什么男人一定要在午后打个盹儿。我几乎要发疯,他们却若其事。他们不知变通,孩子气。他们不擅长料理琐事,他们不会生儿育女,他们不懂得照顾其他人……我们女人却被死死钉在生活的祭坛上,一次又一次，日复一日。为了生存，全力以赴。

我把自己的身体摔在了床上。M也是。很快，他就开始打盹儿。一天干了两天的事，他大概会这么说。我嫉妒他们，嫉妒这些故步自封的男人。我也为自己悲哀，为我们这些柔韧的女人。我已经躺下了，心脏却像在赛跑，跳得怦怦直响。街道上车来车往的喧嚣不绝于耳，救护车、消防车的鸣笛声，甚至还有警察的嘶吼……这里比贝尔格莱德还要糟糕千百倍。简直是灾难！我顿时感到生活的沉重。我能活着离开巴黎吗？！上帝请救救我，我快要活不下去了……我取出M的血压计。小小的电子屏上显示：90/50。才90！我悬着的心略微放下。还好，是低血压。不算太坏，你还不会死。塞尔维亚女人不会因为这点事儿就死在巴黎。

我打开尺寸巨大的数字电视。它是世界的节拍器。世界的脉搏就像突发性心悸一般越来越快。单位时间里，正常人的心率的两倍也不过是每分钟一百五十下。但电视里，播音员们每小时就会播报三百次暴动、洪水、火灾、战争、地震……此外，播报的死亡人数、逃亡人数、气温、污染不断打破纪录……

巴黎的最后一线夕阳滑过屋顶，钻进位于四楼的阴森五边形房间。（我头顶正上方的房间或许也是五边形？）突然，街道的尽头传来喇叭声，是传统塞尔维亚喇叭的声音。遗憾的是,吹鼓手似乎没有接受过专门训练,不过是自娱自乐。不仅走调,音长和响度也乱来。上帝呀!世界末日不过如此!可怕的品位,可怕的风格!想到这里,我也渐渐入睡。

五分钟之后,我便醒了过来,疲倦丝毫没有退去。女人的午睡注定很短。我现在的心跳速度是刚才的两倍,仿佛一只敲得红火的非洲裂缝鼓。我到底怎么了?我离开贝尔格莱德来到巴黎,就是为了逃离日常生活。我的生活一度失控①。我的生活过于匆忙、杂乱无章,像没头苍蝇。我来不及感受就紧张到昏倒,恨不得自己能有好几个分身,每一个分身都可能累成一把灰。我迷茫、虚弱、干瘪、精疲力竭、生无可恋。身处碎片化的数码移动时代,我感觉血肉之躯已经变成一帧画面。我抑制不住冲动,只想拔掉电源,逃离我的祖国。

我决定打起精神,好好吃顿饭。生活里的小事总能治愈心灵。

尽管在巴黎,吃饭并不是件小事。

---

① 我竭力摆脱儿子、丈夫、妹妹、母亲等身边人对我的束缚。但挣脱这一切后,我又重新开始渴望它们。坦白说,他们都从未要求我去体谅他们。我过度的自我牺牲近乎咎由自取。

*

我第一次来法兰西之都，是在三十二岁的时候，那是一次失败的旅行！我甚至不明白人们为什么会赞美巴黎的建筑，在我看来，这里的大楼和广场大同小异，整个巴黎看起来就像是一处不断自我重复的广场，堪比迷宫！我还发现，他们的口头语的绝大部分词至少有五到六个字母，堪比语言的迷宫！那些古怪的法国菜也令人困惑，每次点菜前我都要花很长时间才能弄清楚它们究竟是什么。都是些乌七八糟的东西。他们的口味也像迷宫一样难解！

第一天晚上，M自告奋勇带我去了巴士底广场附近那家赫赫有名的 Les Grandes Marches（宏伟的台阶）。这家餐厅的历史可以追溯到17世纪。M点了最大的十号生蚝和香槟。

我不知道巴黎的餐厅是否都是如此，还是只有这家餐厅会这么做！在此之前，我只在杜布罗夫尼克城品尝过一次生蚝，那时我还是个小女孩，更不清楚那些编号的含义。

谢天谢地，我还保存着十号生蚝的壳，纪念十五年前那次让我心神荡漾的筵席。那时的我是多么可悲，多么胆小。十号生蚝看起来就像一只巨大的玩具船!之后的那些年,我品尝过不同大小、不同做法、不同产地的生蚝,现在,对生蚝的热爱几乎到了无法自拔的程度。可我在事后才意识到,巴黎曾以盛宴款待我,欢迎我的到来,当时的我却毫不领情……时过境迁,人们才能懂得往事的分量。越是重要的事,越是如此。

不过,和2006年11月我们在巴黎的种种奇遇相比,这顿饭不过是沧海一粟!

我还记得,当时我点了一份巨型法式海鲜拼盘——整整一托盘。我以为,简单的高蛋白食物已经不能缓解我的焦虑和失落。托盘里装饰着堆成小山的碎冰和深色海藻,摆满了贝类、螃蟹和海螺。尽管它们是海产品,可法国人还是将它们归为肉类。此外,他们还准备了类似外科手术用的刀具。

海鲜拼盘被端上来:生蚝、青口、螃蟹、龙虾、大大小小的海螺、小虾。我简直大开眼界。它们还在反抗,黏糊糊的,扭动着长须,仿佛噩梦里的怪兽。

"我吃不下。东西太多了。我会吐的。"

"亲爱的,你大概是患上了自助餐综合征。你害怕吃太饱!"

"是的!"

"被宠坏的人才有这样的担心……"

"你觉得法国人被宠坏了？"我话锋一转，"他们也经历了二战，战争意味着生灵涂炭，意味着贫穷。你诞生在一个不辨是非的时代，那个时代的人把苦难视作某种光荣。你甚至以自己遭遇的苦难为荣……如果你一定要炫耀你受的苦，不瞒你说，我也险些被炸飞。现在，我们已经开始新的千禧年了！手机已经发明出来了……"

"五十多年前，我也曾被德国人的智能电子炸弹瞄准，我也险些被炸飞。但我说的不是法国，而是你。"M继续说。

"我在说塞尔维亚人。"

"他们的苦难？"

"不，我说的是塞尔维亚人的饮食。确切地说，是人们对食物的贪婪！穷苦、悲惨、受伤的塞尔维亚人像疯了般狼吞虎咽。现在，想象盘子里堆着的是烤肉和烤羊吧！塞尔维亚人的盘子里装着几公斤重的飞禽走兽，法国人的盘子里却是论克计的软绵绵的无脊椎动物！"

"问题在于你，你不愿接受世界各地的人们对美食有着同样的渴望！法国人狼吞虎咽起来和塞尔维亚人并无二致。"

我正想告诉他，法国的新式菜肴与旧时代的食物相比，营养更加均衡。它的分量少，包含至少三种蔬菜，调味粉末单独撒在盘子边上。这是新千年的人类需要的轻食。我想起了拉伯雷。如今,绝大多数普通法国人仍需要两小时时间享用午餐,和小说《巨人传》中的盛宴一样耗时耗力。可他竟自顾自地就着一杯红酒和一瓶矿泉水,吃掉了一份前菜、一份主食、一大份甜点和奶酪做的点心。最后,他还尝了几口咖啡和干邑白兰地。

"你有没有发现,塞尔维亚人饮酒是为了把自己灌醉,法国人却把饮酒作为一种乐趣。塞尔维亚人希望用酒忘记他们的辛酸,法国人却从中发现了生活的乐趣。两种文明是多么不同啊!"我评论道。

"当然。但是,既然我们拿酒打比方,我不得不说,你在生活中是一个地道的塞尔维亚人。你只盯着杯子空了的那一半,还拼尽全力不让杯子被斟满。"

"你的意思是,我看待新时代的视角有问题?!好吧,坦白说,你根本没有准备好迎接未来。在数码时代,你不过是个文盲!你甚至不会发短信。"

"这也是为什么我会用符合人类语法和拼写规则的句子写'过时'的小说。我和你不一样,和书本相比,你更愿意读电器说明书。"

"但你得承认,如今用来实现家庭设备远程控制的电缆的实际总长,可以媲美中国的长城。总有一天,我能在结束一天的辛劳后,一动不动地躺着,指挥家电为我工作。"

我对未来没有一丝畏惧。确切地说，我迫不及待地期待那一天。然而，因为众所周知的原因①，在公元2000年年尾，2001年即将到来时，塞尔维亚人才开始仓促地迎接新千年的到来。而我早已兴奋地吹灭了生日蛋糕上的数字蜡烛——那迷人的"2000"。午夜时分，我欣赏着埃菲尔铁塔的点灯仪式，欣赏着那盛大如烟火的光亮。这些足以证明我虽然身为塞尔维亚人，却没有陷入现实与未来的夹缝。

我们挑选的那家餐厅无论是局部装饰还是整体风格，都彰显着新时代的气息。装饰和灯光（灯光和桌子的距离颇为微妙，显然是为法国人特别设计的）都经过精心设计，无烟区只有两张桌子（在洗手间和楼梯之间）。菜单不再是旧式的皮面开本，而是直接写在黑板上。每张餐桌旁，都有一块用红酒桶撑起的金属板，服务员直接用粉笔在金属板上勾画。金属板的一面写着主菜，另一面是甜点。

我决定不再和丈夫争辩。为了让自己冷静下来，我选择了自己最爱的消遣方式——观察人群。这是一家典型的法国餐厅，顾客一半是本地人，一半是外国人，却鲜少有

---

① 影射2000年前后，塞尔维亚在科索沃战争中遭到北约轰炸之后的动荡时局。——译者注

游客。我的意思是,光顾此地的外国人可能定居甚至出生在法国,但祖籍不是法国①。

邻桌坐着四位年轻、富有的俄罗斯女孩。我打量着她们的服饰……她们每个人的衣裳和首饰加起来都至少值五千欧。她们用俄语交谈。点菜和打电话时,她们用法语,口中不时蹦出商业词汇。她们之间的对话似乎围绕着男人展开。

稍远的那一桌则坐着两位英俊的埃及男子和两位看不出来自哪个国家的阿拉伯裔男子,他们谈论着东方国家和欧洲商业。显然,是一场商务会谈。

餐厅的另一头,一位年长的知识分子模样的法国男人正在和一位年轻的女孩调情,他想邀请她共进晚餐。两人正在谈论维克多·雨果。

我们对面的长桌上的客人最有趣。桌边有五个座位,坐着一对兄妹模样的法国人,一对衣着华贵的黑白混血的姐妹,其中一位的身材格外丰满,就像从那些相对开明的阿拉伯国家或者巴尔干半岛的外省电视节目里走出来的人;第五个座位上坐着一位戴窄框眼镜的男子。他们每个

---

① 塞尔维亚人喜欢讨论种族话题,我怀疑生活在巴黎的非裔、阿拉伯裔、亚裔和黑白混血儿远多于法国人。随后,我才意识到,法国曾是一支殖民力量,而这些都是她讲法语的孩子。法国国家足球队的成员也大都来自上述地区。

人都年轻、富有、优雅，出手阔绰，举止矜持得体。他们是当地人，外表光鲜，追赶着时代的步伐。我甚至有些羡慕他们。我开始浮想联翩，脑中开始播放以他们中的某个人为主角的小电影，甚至还有两个肤色不同的人共赴云雨的情形……突然，我发现坐在妹妹身边的男子正在抖动双腿。我的天啊，他是为对面秀色可餐的黑白混血女子坐立不安吗？我不敢相信身边竟然在直播《大老哥》真人秀。我用长针取出壳里蠕动的海螺肉，和其他海鲜相比，海螺更像零食。随后，我的目光又落在单独坐在一边的男人身上，他和同桌人没有任何血缘关系。但显然，他的双腿也在颤抖！难以置信！

"看那边，"我对M说，他当时正专心致志地用金属工具夹大虾钳子里的肉，"正在上演一场多角恋。"

"你是说那两个抖腿的家伙？"他挤了挤眼，"颤抖不是因为爱情，只是因为他们已经坐不住。他们不过是在桌下模拟奔跑的动作。"

现代社会将人们变成了"半人半马"般的存在。台面上，人们竭力表现得正常：表情平和，举止拘谨，冷静知礼。台面下，却表现出动物般渴望奔跑的天性。人们因为恐惧、紧张、敏感，不禁抽搐。下意识的颤抖可以缓解现代困境。

我想，是新时代的重压让身体陷入了分裂之中。

我们真的是所谓的文明人吗?

我听见自己的身体里传来一个声音：你也不例外。你静静地坐着，心脏却在狂跳。岁月流逝，你心跳的速度却并没有减缓，而是越来越快。你的灵魂发颤。你忧心忡忡、牢骚满腹、精于算计，不愿活在当下，始终为过去和未来殚精竭虑。

"我们回去吧，现在就走！"我心下慌张，"你难道没发现这里已经乱套。我们为什么还要继续留在精神病院？我感觉自己活在无尽的麻烦之中。贝尔格莱德已经够我受的，在这里，吃顿饱饭都成了难事。这里并不缺少食物，但周遭的混乱会扰乱你的步调。吃顿饭，要费尽心机！"

某个瞬间，我意识到自己如果再不从引起精神错乱的地方抽身，便会死在巴黎。

"我们明天去卢浮宫，如何？"丈夫在赶回酒店的路上对我说道，"不远，就在街对面……"

"你根本不知道我的感受。"我满心恐惧地望着他，"类似的事发生过无数次。你体会过我的感受吗？博物馆对我有帮助吗？那里都是旧时代的痕迹，只会让我想起那些病态的颤抖的双腿。我只有抹去头脑里的陈腐印象才能活下去。你根本无法体会，我只想活下去……现在的我，根本不知道该怎么办……"

"我不否认，现代人身上还存有旧时代的毒瘤。"他不断安抚我,尽管他的忍耐已经到了极限,"但艺术不会。我想告诉你,卢浮宫展出的是艺术品。你看看你,我的宝贝,你之所以这么虚弱,恰恰是因为拒绝了它,它蕴藏着你从未感受过的生命的秘密……"

"可我担心,继续在巴黎待下去,我体会到的是死亡,而非生命的秘密。"

*

我的一生,有过两次在混沌中寻求救赎的经历。

第一次,我决定依靠自己。

第二次,我依靠自然之力。

两次精神之旅都充满艰辛,很长时间里,我都怀疑自己误入歧途。

人们说,雅各在通往至圣的上升之路中,迈过了七级台阶。

这意味着你要经历七次重生。

那么,我现在处于生命的哪个阶段?

*

那年十一月,在巴黎的第一天,我梦见了一场洪水,发生在现代的洪水。

我梦见我和儿子武克,梦中的我们和现实中的我们年纪相仿。

梦中,人们正在发射漂亮的球形飞船,这些飞船并非用来进行外太空飞行,而是为了在大气层中上演一场灯光秀,一场面对众生的灯光秀。飞船发出强烈的绿宝石般的光芒,陀螺般旋转着冲向天空。飞到半空中的第一只球形灯相对较小。第二只更大、更宏伟,也更加不可一世,它实在太过巨大,隐隐预言着一场巨大灾难。所有人都注视着这场盛景,也都意识到接下来会发生什么,却无人做出实质性的反抗。接着,第三艘飞船也飞了起来。这艘飞船就像气球般缓缓上升(但它实际上是锃亮的金属焊接成的重型金属球,浑身发出绿色的火焰般的光亮)。显然,它的体积已经超过了地球本身,足以打破地球上原本的秩序。

圆形飞船逐渐遮住了地平线,天空不再是一望无际,远处的海水开始缓缓搅动,海水的声音越来越大,似乎酝酿着一场席卷全球的海啸。很快,人们意识到洪水即将淹没每一片曾经干燥的土地。没有雨水、雷电、风暴和黑暗,只有那貌似温情却又致命的海水,海浪慢慢、慢慢地累积,越来越高,仿佛是那艘巨型飞船将海水从海底抬了起来。

梦中，武克和我在一座巨大的城市，确切说，是一座半真半假、杂糅了世界各大首都特色的大都市。这座看不到边界的城市建造在干燥的大陆上。绝大多数人开始奔跑，但脚步并不仓皇，人们似乎并没有真正陷入恐慌。还有一些人则放弃了思考，静候着海水将自己淹没。我俩并不害怕，但清醒地意识到将有生命危险，于是我们跑到了一座小山上。我站在山上，望见了两座紧挨着的埃菲尔铁塔，看到了教堂的圆顶，如果我没猜错，应该是巴黎的先贤祠。

几块木板被水冲到了我们身边，是日常生活里常见的木料。我们一脚踏着干燥的陆地，一脚踩着木板，匆匆地爬上了斜坡。随后，我们冲进了一幢典型的建造于社会主义时期的大楼，一口气爬上了顶楼。都市中人往往择高而居。生活在顶楼的人家当时还镇静地坐在餐桌边，他们的家是那种典型的建于 20 世纪 70 年代的毫无设计感的公寓。我们问他们是否打算逃走，他们却告诉我们并不想离开。接着，我们爬到了建筑顶楼的天台，这里可以看到整栋楼的大梁和金属框架。我们低下头，望见不远处漂着尸体、木板和墙壁，它们是上个世界的遗物，但没有一个人乘着船出现，一个都没有。人们似乎已经放弃自救……

我期待着能在水中找到一只浴缸或者洗礼盆，幻想它们会冲到我身边。一只宽敞、轻盈、细长如银质贝壳的洗礼盆。想得美！我意识到要想自救，只能顺势而为。无论是浴缸还是洗礼盆都会涌进水。这些东西本来的用途就是盛水，我太过天真。

就在这时，我从梦中国惊醒，恐惧也随之消失。我将身子探到窗外，打量着密密扎扎的广场，打量着法兰西喜剧院、皇家宫殿和卢浮宫……街角小小的日本寿司店还在，出售高档珠宝的店铺还在；街的另一边，阴仄的小酒馆还在，波斯挂毯店也还在……街道上车来车往，显然，已经是正午，而非凌晨四点。

我确定自己已经逃离了噩梦和洪水，才回到床上。我躺了下来，但地狱般的梦境再次降临……确切说，是继续。好像刚刚有人按下了我脑中的定格键，暂停。

儿子和我总算逃离了人口稠密的都市。现在，我们在一座小山上，山上的树已经东倒西歪。放眼望去，四周一片衰景，树木肮脏至极。水已经退了，土地上仍有洪水冲刷的痕迹，但淤泥已经掩盖了曾被踩躏、摧残的过往，这里更像一片被污染了的土地。不远处，有一处不甚美观的巨型临时避难所。我猜它就是诺亚的方舟。此刻，万籁俱静，大洪水悄悄地降临，又悄悄地离去。

我们打量着那处巨大的避难所，想要找到入口。突然，一扇极其隐蔽的门被推开了，露出了一条缝。显然，这是一扇用木板临时搭建的门，男人探出头打量了我们一眼,随后用手指示意我们进去,自始至终,他没有说一个字。避难所的内部让人想起童话《木偶奇遇记》中的鲸鱼肚子。黑暗的大厅里摆满了小舟、帆船和其他能够让人在洪水中活下来的仓促建造的用具。各家各户都有一艘船,桅杆上晾着衣服,甚至还有炉子。显然,有一些家庭幸免于难,其中有武克的朋友和他们的父母。他们就像亲人一样欢迎我们,却又忍不住小声嘀咕起来。原来,这附近有许多野兽,他们害怕刺激它们,引起它们的注意。"你们抢在最后一刻进来了。"他们说。我不知道最后一刻是什么意思,大概因为我对洪水、野兽一类的事并没有概念。我只知道,我们得救了,躲进了避难所,我们和"同胞"在一起,危险已经过去。

我们已经来到了彼岸……

*

终于,晨光刺破巴黎的天空,落在了屋顶上。我们在巴黎曾有一所公寓,位于大楼的第五层。公寓就在十字架之女街上,和我们在贝尔格莱德多乔尔区的公寓一样。在拥挤的城市里,低楼层的公寓很难有阳光直射。要想晒到太阳,就得住得高些。

我没法在莱谢勒街的诺曼底酒店四楼的房间迎接早晨

的阳光。法国的早晨总是姗姗来迟。我醒来时,仍感觉疲倦至极。恐惧尚未退去。我感觉头顶还承载着过去和未来的重量,这重量压得我喘不过气来。

我回忆着多年来在巴黎的得与失。去年,我身处这座城市时,第一次感觉自己像是来自塞尔维亚的拉斯蒂涅克①。我不断重复着:"我的巴黎!我的巴黎!"

这里有着无数宫殿。巴黎是世界上少数几个保存了不同时期建筑风貌的城市之一。多年来,我试着一点一点征服它们。我熟悉这里,熟悉陆上的巴黎,也熟悉地下的巴黎,熟悉她的身体,更熟悉她的秘密。熟悉巴黎的每一条街。熟悉巴黎的诗情画意。当然,还有巴黎的日常:商人们的巴黎、复杂难解的巴黎,建筑的美妙、乐天的精神、堕落腐朽的生活。现代的她令人迷醉:当地取悦味蕾的美食、当地的报刊和银行、当地的行政机构,巴黎的文学、巴黎的日与夜、巴黎的河岸、巴黎的高地……曾经,这里流通的是法郎;未来,这里流通的是欧元。

就在我认为自己已经足够了解它的时候,它再一次变得陌生,成了一个残酷冷漠的城市。而我,则是待宰羔羊!

我所遭遇的危险并非一眼就可望见,不是那种明目张

---

① 雨果的小说《高老头》中的角色。——译者注

胆、大肆宣扬、可为聚光灯所捕捉的，而是由内而外发生的。十八岁时，我秘密地开始了第一段婚姻。第二段婚姻则有些惊世骇俗，我嫁给了一位比我年长三十岁的男人。我曾在三个城市、两个国家生活过，住过八套公寓。我甚至清楚地记得，我用过的冰箱就有十台。20世纪90年代，我频繁地旅行。但在那时，塞尔维亚人因为管制和战火鲜少出游。周遭发生的一切让我难以招架，我几乎陷于分裂的境遇中，一面是四分五裂、不断倒退的祖国，一面是在新千年迎来新生的欧洲。我的丈夫在国内外文坛享有盛誉，我与有荣焉。但我拒绝移民。我选择承受着巨大的落差。尽管我的丈夫是一位著名作家，但我必须凭借自己的力量，出版自己的作品，成为一名作家。我甚至因为不甘于平凡，过分专注于自己的事业，不愿成为肤浅意义上的时代新人，而备受指责。

如今，我已经四十五岁了，再一次迎来巴黎的早晨，我感觉自己的精神世界和外部世界都在分崩离析。我该怎么办？不如先下楼吃早饭！

和往常一样，板着脸孔、不发一言的越南人（或者韩国人）给我们端上了早餐。他们穿着和餐厅墙纸的花纹一模一样的深紫色外套。这顿早饭颇有程式感，让人想起那种为将死之人准备的阴沉、充满宗教感的安乐餐。昏暗的光线，低沉的嗓音，还有侍者的态度，和分食圣餐的日常集会无异。

请帮帮我吧,我不能被黑暗中的巴黎击垮!让我干点其他的事吧,什么都可以,哪怕只是疯狂购物也可以!

"我们去卢浮宫,好吗?"M再一次试着让我顺从他的意愿,"如果我们不打算去博物馆,为什么你要年复一年地选择同一家靠近卢浮宫的酒店?"

"这家酒店在一区,和其他地方都很近,况且我能够欣赏天台上的风景。玛黑那里的公寓就像坟墓一样,只有一处内院……我并不打算去卢浮宫,甚至不打算去其他博物馆。我根本不感兴趣。况且我对卢浮宫的三个馆已经了如指掌,我了解这座巨大宫殿里的展品。你还记得前几次巴黎之行吗(那已经是20世纪的事了)?我在古埃及藏品区看到了木乃伊猫。只有这些展品还能吸引我的注意。"

"那我们去克吕尼吧。你还没去过那儿!"

"克吕尼?!要知道,那地方就是一座中世纪博物馆。你知道你在说什么吗?在塞尔维亚,就能看到中世纪的一切。有一半塞尔维亚人的精神还困在中世纪,根本不适应当下的节奏,他们只知道呆站着,为科索沃的少女们哭泣。而你,你却劝说我去看中世纪的法国①。"

---

① 我搜寻了很久才找到那幅知名的科索沃少女画像中少女手持的金属水壶。塞尔维亚本土没有这种纪念品。最后,我在伊斯坦布尔(或君士坦丁堡)买到了它。

"你知道我想干什么吗？"我打断他，"我想冲出去，给你买一本《巴黎视界》杂志，顺便给你列一份我去过的巴黎博物馆的清单。我甚至可以标出我去过的次数。遗憾的是，他们没有提供外省的地图，否则我还可以为你标出我去过的外省的博物馆。"

"怎么了？"他反驳道，"我比你年长许多，我不仅去过巴黎的博物馆，我还到过其他地方的博物馆，确切地说，是世界各地的博物馆。我到现在仍旧迷恋它们。"

"你是个活在过去、自说自话、作茧自缚的家伙。自诩天才，自诩男子汉，沉湎于空想。我更加脚踏实地……"

"然后呢？"

"我已经精疲力竭！我受够了，但还想垂死挣扎。我相信，很快我就会振作精神。我打算去购物。"

"好吧，请把那东西递给我，你叫它什么来着，那种酒店里的快餐读物，什么《费加罗女士》。我会像祷告般缓缓念出巴黎商铺的清单，你可以告诉我你去过哪些、分别去过几次。"

"你别急着抱怨。我已经计划好今天的行程。首先，我们去老佛爷，接着去巴黎大堂，最后去里沃利街。我的计划是不是很完美？！都是一生必去的购物场所！我肯定能够给自己买点小装饰品——一双轻便的靴子。"

*

我们定居巴黎时,出行通常坐地铁,身份变成游客后,则开始坐出租车。

出租车更舒服,地铁更有趣。坐出租车可以看风景,坐地铁可以看人群。它们是人们穿行于这座迷宫般的城市的秘密工具:地上——出租车,地下——地铁。

我相信东方城市和西方城市的规划可以分别从古代东方的阿拉伯式花纹和古代西方的方形或圆形迷宫中找到图形模板。城市内部的联结方式甚至会和城市建造者的思维乃至语言相似。字符就是一种图案,是观念、思想和思维方式的视觉形式,甚至可以视作文化本身的装饰物。

阿拉伯式花纹仿佛一座扭曲的、自我封闭的迷宫,没有中心,没有出口与入口,复杂难解、层层叠叠,就像某种无法用理性来理解的思想。古代迷宫有中心,当然也有出口与入口,尽管包含许多条死路,但结构整饬,隐喻着人类尝试控制内部与外部世界的混乱。

世界上绝大多数大都市的空间结构都源于上述形式——阿拉伯式花纹和迷宫。其中,东方城市多数沿袭阿拉伯式花纹的结构,西方城市则可追溯到迷宫。巴黎,就是一个典型例子。中世纪的巴黎大部分位于现在的三区。

那一带至今仍旧沿用中世纪的形制,阿拉伯式花纹和迷宫的印记隐约可辨,就像置身于地中海沿岸的城镇:蜿蜒的窄街,不拘一格的十字路口,出人意料的小道……玛黑区让人流连忘返、迷醉其中(当然也会有麻烦)。19世纪,建筑师奥斯曼重新设计了整个巴黎的街道,巴黎变得秩序井然。城市的主干道纵横交错,广场呈放射状分布在街道之间,一切显得更符合逻辑。尽管如此,人们还是会迷失其中,同时享受这种迷失之乐。巴黎的地铁线举世闻名,它是由多个彼此联结的同心圆构成的、近乎完美的圆形迷宫,就像一座地底的亚特兰蒂斯。如今,巴黎地铁的精妙可以通过借助硅质芯片的人工智能算法破解。尽管如此,一个人如果没有忒修斯那杀死弥诺陶洛斯、赢得阿里阿德涅的芳心的智慧①,在这座堪称完美的地铁迷宫里,也一样会迷路。这颇有"不入虎穴,焉得虎子"的意味。

我们的家在贝尔格莱德和巴尔干之间,在两地的交界处。这里既像阿拉伯式花纹,又像迷宫。我们既不属于东方,又不属于西方;也可以说,既属于东方,又属于西方。城市里的街道、广场,街口费解难懂的招牌,甚至连我们的头脑都是如此。这在情理之外,却也在意料之中。

---

① 希腊神话中,忒修斯身陷迷宫,打败了牛头人身怪弥诺陶洛斯,在阿里阿德涅留下的魔法线团的指引下,找到了出口。——译者注

我们的魅力大概也来自这种分裂。我们无须为分裂自责。我们可以从两边汲取精华，熔炼出全新的自我！

*

巴黎的出租车像是一间美妙的闺房，步入其中，就像进入温泉疗养中心：高级的轿车，豪华的装备，干净、锃亮、香气扑鼻、温馨舒适，运转良好的空调，美妙宜人的音乐，还有糖果……一切都很合心意，颇有宾至如归之感。司机们的穿着时髦考究①。他们通晓各国语言。耳朵里戴着和总调度室沟通的微型麦克风。仅凭衣着，你甚至看不出司机和乘客中谁是地位更高的那一个。乘客也能迅速入乡随俗，变作本地人。

巴黎的出租车为初到法兰西首都的游客们接风，也载着他们挥别巴黎的田园牧歌梦。

你不能坐在副驾驶的位置上。身体的接触和亲昵的语言都明令禁止。副驾驶的位置总放着其他东西：地图、外套或水，甚至还有司机会放自己的吉他！你坐进出租车，报出目的地。随后，你会听到一个令人毛骨悚然的

---

① 我曾见过一位司机，穿着一身昂贵的深色细条纹窄裤腿西装，别着袖扣。法国政府或许给出租车司机们统一定制了高档男装，谁知道呢？

声音——叮,车门瞬间都锁上了!当然,你还会听到一声——叮,在你付过车费之后。巴黎的出租车不接收低于五点五欧元的订单。车窗上的贴纸明确写了这条规定①。

*

司机将我们放在备受女性欢迎的老佛爷百货商店门口。这是一处巨大的建筑。这座建于 20 世纪初的豪华建筑,恐怕只有一个缺点:它比世界上任何一处高塔都要宏伟。

巴黎那天的磁场一定和我的星座极度不合。明明是喜迎新年的时节,可我走进商店,却发现四周弥漫着末日审判般的诡秘。节日即将到来,无论是屋顶,还是彩绘玻璃穹顶,都悬挂着巨型气球,角度各异的光束打在气球上。气球多数是粉色的,其中有一些是喇叭形的。不得不说,眼前的场景十分甜美、昂贵、迷人,甚至还透着一丝恐怖。

---

① 过去的游客会在旅行箱上张贴下榻酒店的贴纸和旅游景点的花哨照片。这些和旅行相关的符号,通常被视作纪念品。但我建议现在的游客可以在千篇一律的甲壳虫般的黑箱子上贴上他们去过的地方的提示、警示、规则、限令等。这样他们就可以不断提醒自己,避免不必要的伤害。

很久以前，天使就失去了保护，变得和人类一样脆弱。天使和人类究竟是谁保护谁，成了无解之谜……伤害天使的人又是谁？

我需要一位保镖。确切地说，我需要一位保镖和一位向导。

成千上万的世界名牌挤满了这座巴别塔。哎，我的老天爷，我节俭成性，但漫步老佛爷百货的穹顶长街，让我如坠髑髅地①。这里远比圣奥诺雷街堕落奢靡。老佛爷是全球时尚精英趋之若鹜的民主地。

穿过铺满金砂纸的台阶，我们来到了鞋类专区。迪奥、普拉达、菲拉格慕、路易威登……整条街都是名鞋。通常，我直接冲到菲拉格慕专柜。这是我最心仪的牌子，低调、奢华，但尚在我能承受的范围内。自成一派，却又不事张扬。

我不知道别人怎么看我。但我知道，没有人能看清自己。人们的评价不过是只言片语，有好有坏。我自己都看不清自己。想象中的经不起推敲的自我，究竟是幻是真？

菲拉格慕的女售货员们喜出望外，她们眼中是一对这样的顾客：一位年长的绅士，一位穿着轻盈的阿尔伯特·

---

① Golgotha，又译作"各各他"，《圣经》中耶稣被钉上十字架的地方。——译者注

菲尔蒂皮草外套的女士。我几乎能感觉到她们的激动。她们知道生意来了。她——一位养尊处优的女士,看起来有些特别。他——一位供养者,看起来也有些特别。我从她们的目光中洞察了一切。这种特别,让她们生出一丝困惑。我知道,困惑很快会变成惊诧,随后她们会大失所望,意识到她们不过是一厢情愿。她们忙碌一阵,最后一无所获。

我也清楚她们会揣度我们来自哪里。如果我们不开口,她们会认为我是葡萄牙裔或者意大利裔。至于男士的族裔,她们不太确定,可能是瑞典人。如果她们的地理知识足够渊博,或许会猜列支敦士登或者安道尔。当我用法式英语和她们交流时,她们接待我的热情更为高涨(我也不知道为什么)。随后,M会用流利的法语问他们一两个问题。好戏这才开始。

可我们一旦开始交谈,她们顿时一惊,在心里盘算起来:俄罗斯人、捷克人,唔,斯洛伐克人……如果他们一再要求,我们会说出答案,我们是塞尔维亚人,而问题的关键在于不同的国家被划分为不同层级。她们要么做出惊讶的神色,要么开始列举塞尔维亚著名运动员的名字,要么表示不知道这个国家在哪里。但唯一确定的是,她们不再热情,变得拘谨。

老佛爷百货是一处讲究礼节的高档消费场所,国籍不会被开诚布公地讨论。

"我要试试这双靴子,还有这双、这双和这双,要三十九码半!"我的作家朋友伊西多拉·别利察说:"当我的年纪超过了鞋码之后,我对这个数字再无顾忌。"

"这边,这边。"女售货员斜着眼睛,指使她的黑人助手去取鞋盒子。

我知道接下来会发生什么。商场里的大戏都是些陈词滥调。她会取来八只鞋盒,而不是四只,还会在手臂上挂着三四只手包。这些东西的价格一个比一个高。随后,她会将这些东西一一推销给你。如果你运气好,会发现其中一两双鞋恰好是你之前指定的。更多时候,她们会送来其他商品供你挑选。

她捧着八只鞋盒和六只手包出现了。

"您指定的模特脚上的鞋,只有一双有您要的尺码。"她愉快地说。

好吧,今天运气不佳。空气中的负能量太多了,有损健康。

"但我找到了七双漂亮的鞋。"她不无谄媚、意味深长地看了 M 一眼。

他点了点头,表示认同,似乎一切都在意料之中。

"这七双鞋也不全是您的尺码。有的偏大,有的偏小,但我们能想办法。"她用法语嘀咕着。法国人曾有无数殖民地，在当地生活的黑人、白人、黑白混血儿、大眼睛的人、小眼睛的人，无不精通这门语言。

我只好点点头。无论你要的鞋子是一千欧还是一百欧，结果都一样：他们永远没有你的尺码！无论是堪称鞋都的大商城，还是出售限定款的背街小店，无论是跳蚤市场，还是如教堂般清净、让你不得不低声说话的奢侈品牌专柜。

我别无他法，只能认命。不知这是哪一位神明的安排。不管是哪位神灵，试鞋的折磨恐怕在所难免。

真希望我有足够的精力一一尝试。真希望随着年岁的增长，试过古董展柜上的大部分鞋子后，我能明确自己的需求，这样，我就不会空手而归了。（好吧，我最后还是买了一双。）

"我想试这双、这双，还有这双。"我从八双中挑选了三双。

售货员们惊讶地看着我。两人不禁眯起眼睛，黑人女孩甚至不满地看了 M 一眼。她们默默期待着他会插句话，鼓励我把每一双都试试。她们甚至盘算着取些新货。但他却望向天使旁的射灯。

我试了第一双、第二双、第三双……第一双马马虎虎，第二双糟糕，第三双简直是灾难。

女售货员们却对每一双鞋都赞誉有加。

"简直是为你量身定做的,夫人。请你原谅,小姐。"她们征求我的意见。

"怎么又是夫人,又是小姐?"我说。

她们咯咯地笑了,仿佛对我的处境了如指掌。我该辩解吗?我是一名塞尔维亚作家,三十二岁那年,无可救药地爱上了一位比我年长三十一岁的塞尔维亚作家,我对他的爱甚至超过对自己的爱。我们一同生活在贝尔格莱德,享受了十三年的婚姻生活!就连塞尔维亚人都不理解我们,更别说这位皮肤黝黑、势利眼的法国女孩。(必须说明的是,我很清楚自己的所作所为。)无论时代如何变迁,爱情都是永恒的。但在物欲横流的地区,婚姻却开始变质。

"这双多少钱?"我指着一双并不适合我的靴子问道。如果我不做点什么,她们绝不会善罢甘休。

女售货员明目张胆地瞪了 M 一眼。我咳嗽了一声。我的"赞助人"这才若无其事地将双手抱在肚子上,打量起被女售货员包围的我。

她们一面告诉我价格,一面盯着 M,好像询价的人是他。

"太贵了,"我摇了摇头,"况且不是那么合脚。"

"太贵了。"M 随声附和,"我们走吧……"

女售货员们被这对疑似葡萄牙裔、俄罗斯裔、捷克裔的男女挫败了。他们失望地发现,我俩并非金主与金丝雀的关系。

我有些得意。但我并不打算就这么离开……我还是选了其中一双,毕竟穿在脚上还算不赖。当然,它的价格不菲①。

我们准备离开。

"不看手包了吗?"她们在我身后嚷嚷。

"以后吧!Plus tard②."我说着,挥了挥手,"以后!"

*

"为什么不把它们全买下?"丈夫问,"它们很衬你。"

"你真这么想?好吧,真够呛……你现在才对我说!你不知道试鞋子是多么麻烦的事,现在还来责难我。你知道做决定有多难吗?"

"我准备去酒吧喝一杯香槟。"他说着,庆幸不用继续陪我为一双合适的靴子暴走。

"你倒好!"我做出羡慕的样子,"我真希望能和你一

---

① 付钱之后,我就后悔了。不管花费多少,我都忍不住后悔。这大概是我的天性。我总是这样。我想,我应该改掉这习惯。
② 法语,意为:以后吧。——译者注

样!你进了店铺,溜达一会儿,然后走出来,仅此而已。你不用买东西。"

"我们走吧。没人插手你的事。"

"你什么意思?你看见了,这些东西我都想要,我是发自内心地这么想,我这个年纪的女人难免如此……我没开玩笑。我说的是事实……作家不必活得像修女一样。"

"在我看来,作家意味着甘于苦行僧般的生活,并且能从中发掘快乐。我说的也是事实。这是我深思熟虑之后的选择和决定。"

"可我不仅仅是作家。身为女性,在生活中,我还有其他身份,承担不同的责任。都是出于我个人的意愿。没有雇主,更没有报酬。我是妻子、母亲、大厨、女佣、教师、爱人、园丁、模特、心理咨询师、化妆师、裁缝、陪护、护士、清洁工、室内设计师、司机、银行办事员、手艺人……此外,在公众的眼中,我还要扮演其他角色:一个狐狸精、一个恋爱中的女人、一位散发着致命诱惑的女子、夫人、女士、女模特、艺术家灵感的来源、思想上的伴侣、知识分子、成功人士,当然,我还是娇弱敏感的生物、魅力十足的贵妇、温柔善良的配偶……你看,我需要多少鞋呀……"

他笑了,甜蜜的微笑,男人独有的温存笑容。

"我太拖沓了,时间就这么溜走了,怎么办?"我不无紧张地清了清喉咙，问他。

时间不多了。转眼到了法国人的正午，两小时的午餐时间，雷打不动。

"我不知道。这事你自己决定。"他故作深沉地说。

我继续试穿鞋子，又一个小时过去了。我不断穿脱那些昂贵的靴子，双手渐渐沾满了灰尘。我看起来就像刚打扫完烟囱，说是女魔鬼都不算夸张。哎，设计师们精心设计了靴子，却还是会把手弄脏……我充满了挫败感。我拖着疲惫不堪的身体来到富丽堂皇的酒吧，试着向M寻求安慰。他正端着一只细脚酒杯（酒杯的形状像一枝郁金香，杯子底连着杯把手，喝酒的时候可以把住酒杯的中部），品尝酩悦香槟。

"一无所获，两手空空。"我说着，瘫软在吧台边的高脚凳上，"我也要一杯香槟。你喝了多少？"

"这是第二杯。"

"才第二杯？我可试过不知多少双靴子了。确切地说，是鞋子。我还试了拖鞋。他们没有凉鞋。当然，很可能是借口……"

"我跟你说，我预备去老佛爷百货的男士专柜，穿过这条空中走廊就是了。"两幢建筑由一座廊桥连通，桥下闪烁着蓝色的灯光。"我想买一条围巾。我需要一条围巾。"

于是，他回到贝尔格莱德时并非两手空空。围巾是他的战利品，唯一的战利品。

"你继续逛吧。四处看看。"

"我不过是漫无目的地瞎逛。"

*

尽管一口香槟都没有喝，我已经有些醉了。那一眼望不到尽头的衣橱，足以令人头晕目眩。多么惊心动魄啊，我带着蒙难般的激情。看啊，让-保罗·高缇耶、圣罗兰、姬龙雪、卡尔·拉格斐、三宅一生、香奈儿……他们是现代神祇。他们是时装潮流的终极制造者。我的老天爷，我什么时候才有时间和精力去好好打量这一切？我的心在狂跳。再这样下去，我大概会得心脏病。展示商品的专柜几乎要取我性命。

尽管如此，你还是不愿去卢浮宫。我不得不承认，和眼前的洪水猛兽相比，卢浮宫里的一切不值一提，不过是几千幅画和物件而已。你也没法占有它们，只能远观。

我甚至连远观的心思都没有。

我什么也做不了。我没法思考，没法做决定；记不住，想不清，做不到……我成了废人。

我厌倦了这一切。

为了摆脱生无可恋的感觉，我开始上下打量这幢六层建筑正前方的圣诞树。这棵树大约有一百米高。随后，我又打量起圣诞树旁飘在半空中的气球。气球有些眼熟……我回忆起来，它们曾出现在那场关于世界末日的噩梦里！巨大、壮丽的发光圆球触发了一场现代洪水……天啊！这神秘的发现让我不禁颤抖。我只求不要和昨晚餐厅里的年轻男人一样双脚不能自已。

我竭力不让双腿发颤，聚精会神地打量起气球。气球上用投影显示着另类的天使像和喜迎 2007 年的祝福语。有些气球甚至粘满了羽毛，象征着天使的翅膀，洁白无瑕的翅膀①。

我曾说过，天使是濒危品种，是行将消失的存在。谁还相信天使？商人们还相信吧，将他们的肉体视作商品。其他人呢？我不认为还有人相信天使，人们无暇去思考如此缥缈的事。

但天使不朽的形象还是会浮现在我的脑海里：没有性别的天使，雌雄同体的天使。没错，雌雄同体。既是男人，又是女人；既不全是男人，又不全是女人——矛盾的统一体。天使是最早的精神分裂患者或所谓的疑似精神分

---

① 天使是幸运的，他们不需要带翅膀的卫生巾。女人们呢？！女人会来月经，是肮脏的，还需要脱毛。

裂患者?

一群闹哄哄的男女离我不远,坐在吧台边上。他们扰了我的清静。要知道,此刻我正面对着无边的恐惧,努力让自己平静下来。他们却兴奋地举着香槟,彼此祝贺。

"Salut①! Salut! 干杯,干杯!"他们说完,开始接吻。

我将目光投向他们。这是一群年轻人,有男有女。他们无一不容光焕发,散发着年轻人特有的纯真。他们体态轻盈,衣着考究。显然,炫目得令人挪不开眼睛,就像高成本大片里走出的角色。

人群中有三位男子,显然,他们比同行的两位女子更加动人。很早之前,我就发现,巴黎男人与女人相比,服饰更考究,性情更细腻,生活更精致。无论是同性恋(尽管确实有很多同性恋)还是异性恋型男,皆是如此。走在巴黎的街道,我时常会将目光投向这样的男子。他们散发着令人无法拒绝的时髦气息,美得令人屏住呼吸。真的,他们足以让你忘记呼吸。他们仿佛来自另一个美丽的星球。

坐在我对面的人多么迷人。五个人,每一位都令我呼吸停顿。

没错,我没有看错,一共有五个人。就在这时,我突

---

① 法语,此处意为:干杯。——译者注

然意识到，被我认作女子的两个人其实是穿了女装的男人——易装癖！另外三个人则是同性恋。当服务员给他们一一斟上第二轮酩悦桃红香槟时，我突然意识到这一点。

他们是男人，也是女人，他们取消了性别的界限。

他们，就是天使吗？！

*

丈夫结束了他的巴黎购物之旅，手里拎着一只小小的袋子。袋子里是一条围巾。我喜欢它！喜欢极了！

"你是怎么选中它的？"我明知故问，"很轻松吧。"

"轻松极了！"他说道，"你呢？"

"恰恰相反。我差点陷入萨特式的存在主义危机①，几乎心力衰竭。我们在巴黎，不是吗？我已经不认识自己了，谢天谢地，天使们救了我。"

我们走出大楼，室外阳光明媚。人行道和主街上挤满了人，人们沐浴在十一月温暖的艳阳下，兴致高昂。巴黎的广场通常位于街道交汇处，每一条街都指向不同的方向。奥斯曼大道、歌剧院大街……多么宏伟的街道啊！从这个路口走到下个路口，足以令你精疲力竭。所谓的路

---

① 我必须承认，我这样说未免有些言过其实。

口,甚至都不是路口,而是另一处广场,意味着更多的选择:商店、精品店、大型购物中心、百货公司、零售小店,不一而足。如果你离开主街,沿着河岸走,则将一无所获。这是巴黎的另一面:景点的车库和侧门,阴暗、狭窄,沉闷无比,杂乱无章。巴黎的这一面也是城市的一部分,正是它供养着台前的巴黎。

这里拦不到出租车。数十万出租车正在主街上爬行,没有一辆空车。不如乘地铁?如果将地上的巴黎比作树冠,地铁就像庞大的根系。地下的巴黎远比地上的巴黎壮阔,列车飞驰在幽暗轨道上,即将通往你心目中的目的地,这感觉是多么新奇。地下的世界幽深壮阔。城市的中心甚至不止一个。这一切简直疯狂!

我一直怀疑巴黎是否有所谓的出口,一处确切的通道,通往外部的通道。世界上其他大城市是否有这样的出口?一旦在都市中迷路,我们能否找到出路?21世纪无疑孕育了新的空间形式,一处临时的迷宫,无人能够破解密码。

我渴望回到早已烟消云散的安定时代,如今,它已经被充斥着喧哗与骚动的移动时代所取代。我渴望稳定,渴望成为涅槃中的睡美人!我不期待王子的吻。我不希望被打扰!

"待在这里我浑身不自在。回家吧,就现在,只要离开法国，去哪里都可以。"我恳求道。

"你还记得几年前我们在巴黎的发现吗？我们的步伐远比巴黎本地人要快，他们的步伐总比我们慢一拍。"他望着身边肤色不同、衣着迥异的人群若有所思。

"我记得。我怎么会忘呢？在贝尔格莱德，我总是放慢步子，仿佛自己是在巴黎。而我明白，无论脚步是快是慢，我都无法离开。等等，等等……为什么那些年轻人坐着的时候，还会不停抖腿？他们似乎正竭尽全力地奔往终点。"

"他们的灵魂很急进，外在却表现得从容。"

"塞尔维亚人对外表现得急迫，灵魂却很萎靡。"

"也不尽然。"他补充道，"朝生夕死的时代不允许任何人以蜗牛的速度生存。他们与我们最大的差别，在我看来，并非速度本身。街上的每一个人，看起来都很有底气。他们对自己的定位心知肚明，知道自己为什么来这里、定居于此。但在贝尔格莱德，几乎每个人脸上都写着，只要不继续留在这里，去哪儿都行。这种迷失感才是致命的。"

"可在我看来，我们，所有人，甚至地球上的所有生物，都在承受这个疯狂新时代的暴击。猫猫狗狗、树木和石头都未能幸免于难。人类则首当其冲。每个人都在承受各自的苦难。唔，现在，我只想摆脱这个病态的城市。"

"看吧。我和你说过，你是一个典型的塞尔维亚人，你总是向往别处。你总是对自己身处的境遇不满，以出走的方式寻找出路。"

"我并非典型的塞尔维亚人，而是一个忧心忡忡的地球人。我会以本土、地方、民族的，乃至全球、全宇宙的视角思考问题。我既关注微观问题，又具备宏观思维、全局思维。这大概是老天爷在惩罚我吧。现在，我需要药。我头痛欲裂。"

*

哎！法国药店！我太熟悉了！20世纪90年代，我会为每一位家庭成员购买应对各种疾病的药品。而且在法国境内旅行时，我俩时常被各种各样的急症困扰。多数时候，是食物造成的肠胃不适。

我们被击溃了，法国的细菌和塞尔维亚的菌种不同，塞尔维亚的药对它们无效。换言之，我几乎肯定，法国药可以对抗法国本地的病菌，但对塞尔维亚的病菌无计可施。塞尔维亚人只能选择德国药。

我记得，就在儿子搬出巴黎的公寓回到贝尔格莱德之前，我患了严重的咽喉炎。那是儿子第一次独自乘飞机旅行。那年，他才十二岁，爱上了他在街角的面包店遇见的女孩,女孩教会他怎样挑选牛角面包①。

我当时咳嗽得厉害。巴黎市区的公寓的墙壁薄得像纸。我们的邻居,一位连指甲都精心保养、一年四季都带着硕大珍珠项链的老妇人向我推荐了一种咳嗽糖浆:

"绝对有效,立竿见影,不过名字很复杂。"她双手递来一张纸片,"我通常叫它'忘咳忧'。"

她竟然想到如此诗意的名字!法国人精致的艺术品位深入骨髓。就连天气预报的遣词用句也颇为文雅,例如:早晨,阳光将透过蓬松的白云,洒满大地;下午,将迎来万里无云的晴空。尽管如此,还是要郑重地提醒诸位,接下来的几天,挥之不去的污染物又将聚集在首都上空。

"一定要试试这种糖浆。"老妇人重复着,似有若无地拂了拂我的头发,"很快,我可爱的小鸽子,不出今晚,你就不会咳嗽了,我又能听见你甜美的声音了。"

我买了那种糖浆,但毫无用处。儿子飞回了贝尔格莱德,他走的时候脖子上挂着醒目的名牌——单独出行的孩子特有的标志。我们搬进了儿子的房间,房间在公寓的另

---

① 我们在巴黎旅行期间,武克为我们打点了许多事。他并非这座大城市的居民,确切地说,也是初来乍到。但他是数字时代的孩子。地铁让他兴奋不已。他径直抓起一张城市交通图,指出乘坐地铁往返于各个景点之间的最短路线。我们震惊不已。原来过去的许多年里,我们都在绕远路,就像着了魔一样。这都是因为我们那该死的定居经历。

一面。我终于摆脱了戴珍珠项链的老妇人的监听,可以肆无忌惮地咳嗽了。真好!

巴黎不过是一座看起来坚固的城市。

第二天晚上,当我发出第一声咳嗽,住在隔壁的同性恋男子便开始疯狂地拍打墙壁。我从没见过他,但在我的想象中,他是一位肌肉壮硕、凶神恶煞的男人。实际上,在这件事发生前后,我对他的印象未曾变过。

你可能好奇我是怎么知道他是同性恋的。

是这样,巴黎的墙很薄……

看来法国作家在小说《生活——使用指南》中专门列出"透明的建筑"一章并非偶然。

我被法国药店彻底拒之门外。但我并非无话可说。实际上,在20世纪90年代中期,出售化学药剂的传统药店迅速被打着植物疗法和顺势疗法[①]旗号的神奇商铺取代。草药和借助草药的治疗方案变成了病人们的首选。一言以蔽之,纯天然的治疗方案成了主流。药店里品类日渐稀少的抗生素必须有处方才能买到,并且标注着患者须承担药物会带来的诸多风险。药剂师们烂熟于心的忠告听起来就像香烟包装盒上的警示语:吸烟有害健康!过去,我们可

---

① 顺势疗法,无疑是一种现代炼金术,它强调个体能在自然的产物,如蔬菜、动物制品、矿物质的帮助下,实现自我治愈,强化免疫力,从而实现真正意义上的健康。

以像挑选糖果般购买上述药品，对药名如数家珍，毫无保留地相信它的疗效。对于新药和新疗法，一开始，我满心狐疑。作为药厂工人的孩子，我自然是怀疑的。但作为塞尔维亚人、前南斯拉夫的子民、基督教徒、草药种植者，甚至仅仅作为女人，我是相信的。

我买了一瓶用新技术提炼的古方草药糖浆，怀着虔诚之心服了下去。看！奇迹发生了。它对法国和塞尔维亚的病菌都有奇效。它是名副其实的"世界忘咳忧"。

事实上，当下最紧急的议题并非如何攻克疾病，而是如何预防疾病！

新时代的我们将脱胎换骨。人类将青春永驻，百毒不侵。

*

药店门口竖着巨大的招牌：拒绝衰老！

"这个时代有新的禁忌。"我握药店的门把手，犹豫不决地对 M 说。

"我该怎么办？"我继续道，"我或许该走进去，喊出那个匪夷所思的问题，问他们是否有失传已久的长生不老药。他们会迅速递给我一张脑部整形医生的卡片。卡片的背面写着：'颠覆您的认识！快速微创手术。全方位的保障,让您幸福一生。'"

他笑了。

"这算不上新鲜事。我们有充足的理由相信,未来只会有两种医生:外科医生和精神病医生。他们给人做大脑整形。抑郁症成为地球上第二大致命疾病。无论穷人、富人,都被它困扰。"

"我并不抑郁。我只是思虑过多,我经历了太多,你的经历甚至也成了我的一部分,我好像已经活了一百二十五年。"我又开始念叨了。

"这么说,你还是害怕衰老。有一位法国人可以做你的顾问。当然,他不是医生,他是炼金术士,尼古拉·弗拉梅尔。"

*

那是公元 2000 年 5 月的一天。儿子正坐在他位于巴黎的小房间里。他的面前铺着一张巴黎地铁线路图,还有 Monoprix[①] 的打折商品清单和《费加罗报》的天气预报版面。这是武克最爱的法国文学,全部都是图。

我们带着他游历法国。他参观了蓬皮杜中心、奥赛博

---

① 法国著名的零售连锁商店。——译者注

物馆、卢浮宫博物馆、国立网球场现代美术馆、橘园美术馆，登上了埃菲尔铁塔、宏伟的新凯旋门和巴黎圣母院塔楼。但他对维克多·雨果和巴尔扎克故居里的手稿不感兴趣，对我们的沉醉迷惑不解。他曾乘坐游船漫游塞纳河，乘着双层巴士夜游巴黎，他还参观了凡尔赛宫，甚至陪我在巴诗威百货公司、丝芙兰、玛莉娜①选购香水和化妆品（对十二岁的男孩而言，无疑需要足够的耐心）；里昂的利昂餐厅里的酱汁青口让他大快朵颐；他还在工艺美术博物馆里见到了傅科摆；我们一起在自助洗衣店里洗衣服（我们的洗衣机坏了），一起采购，我甚至差他去附近的布列塔尼街的小超市为我买形似小蛇的鱼，这种鱼需要先在牛奶里浸一会儿再煎；他曾在夜里乘坐协和广场上的千禧摩天轮，在孚日广场附近的小草坪上玩飞盘，他还执意要去香榭丽舍扔"飞碟"，直到我们告诉他那是一条街而非野餐的地方才作罢……

结束了白天极具历史教育意义的行程，他已经精疲力竭，只好玩过家家游戏放松自己。他裁了一些纸条，在上面写上对应食物的价格，贴在冰箱上！可怜的孩子！

"妈妈带你去巫师之家怎么样？"我突发奇想，"很近，就在这个街区。走一会儿就到了。"

---

① Marionnaud，欧洲著名的美妆连锁商店。——译者译

"好吧……我们也没去什么地方,只去了两座博物馆、三家超市和巴士底广场。你带我去的地方未免有些无聊。毕竟,我不是成年人。但我可以去巫师之家看看。"

我会对那些在20世纪末出生的孩子着迷,他们展现出成人般的特质。当我还是孩子时,并没有这样的自觉。2000年之后出生的孩子,仿佛生活在旋涡的中心!四岁的孩子会像十岁一样思考。他们二十岁的时候,会不会身体还是十五岁,头脑却已经四十岁?

"准备好了吗?我们走!穿上短袖衫。今晚的天气很好,明明是五月,却像是七月……"

*

五百八十年前,曾有一位巫师生活在蒙莫朗西街51号。这位生活在14至15世纪的巫师名叫尼古拉·弗拉梅尔。弗拉梅尔发明了魔法石。他的妻子佩蕾奈尔是他的助手,不过,全世界的百科全书都没有提及她的姓名。直到最近,她才被写入官方正史。她是一位智慧的女性,充满神秘色彩。关于她的两桩秘闻,近期才被公开。

弗拉梅尔则无人不知,无人不晓。"哈利·波特"系列第一册曾提到这位英雄,会巫术的男孩为了魔法石,差点被送上绞架,精神却因此愈加强韧。有趣的是,"哈利·波特"系列的作者是一位女性。

经过了多年的炼金术试验,弗拉梅尔和佩蕾奈尔终于造出了魔法石。他们将红色的石头粉末变成黄金。服用魔法石让他们永葆青春,免于疾病,携手相伴,直到时间的尽头。他们的爱也将通往永恒。耶稣可以将水化为酒,尚不能永垂不朽。弗拉梅尔的传说似乎更加离奇……

炼金术士的故事总是过分传奇,就像那些蹩脚的侦探小说、科幻故事。人类生性好奇,魔法石显然符合他们的期待。它带来无尽的财富,也是包治百病、长生不老的良方,它甚至被赋予形而上的内涵,意味着救赎、忏悔和完美……其中最有趣也是最"浪漫"的解读,无疑是找到魔法石就能够让两个人实现最高层次的结合,雌雄同体,因为魔法石能够调和一切矛盾①。

我不知道自己为什么从未踏足弗拉梅尔之家。几乎所有的旅行导览都会介绍这幢建于1407年的屋子,它是巴黎现存的最古老的私宅。这些年,我热衷于探索巴黎的秘密,却从未到过这位知名炼金术士生活过的地方!这地方离我的家仅几步之遥!

巴黎三区的玛黑区,以一处已被填埋的沼泽的名字命

---

① 雌雄同体,在我看来,是爱最为理想、完美、绝对的形式。很久以前,男人与女人同为一体。但他们因为犯下罪行,被神分成两半,此后,他们不得不带着重逢的愿景,踏上寻找另一半的漫漫长途。

名。它与法兰西首都的其他地方迥异。玛黑区维持着中世纪的风貌。无论是建筑、环境,还是精神、氛围,都属于中世纪。圣殿骑士一度住在这里。这里也曾是犹太人的聚居区。如今,这里成为同性恋者的天堂,特色精品店、奢华的咖啡店随处可见,这里是诱惑和秘闻的温床。圣殿街和圣殿老妇街是此地的命脉。圣殿骑士的圣殿早已烟消云散。宫殿都已坍塌。法国人除掉神秘异常的圣殿骑士后,他们的住地也一并消失了。街名和当地迷人的氛围便成了唯一的线索。

街道狭窄、曲折,没有一条是规整的。年久失修的石质房屋不断下沉,从专业眼光看,整幢屋子不合规矩,却有颇多惊喜。石头搭成的阳台已经移位,楼梯已经变形,外立面上刻着神秘的动物图案,一切都是扭曲、凹凸不平、不对称的,散发着诡秘的吸引力。

我住在玛黑区时,迷恋着圣殿骑士的一切。他们就像恋人般吸引着我。老天爷,我想知道关于他们的一切。我从塞纳河畔的古旧书店搜集的资料堆满了整个房间①,地图、巴风特恶魔和滴水嘴兽的小型雕塑、印着徽章的枕套、画像……1994年,我在沙特尔旅行时还偶遇了圣殿修士们的展览……如今,圣殿骑士再次掀起一股风潮。

---

① 我最喜欢的是一群英国学者在1982年出版的《圣杯与圣血》。

时至今日，他们仍旧保持昔日的神秘。不过，十字军修会已将一桩巨大的秘闻公之于众——基督教势力控制了"魔法石"。

关于圣殿骑士的秘闻数不胜数。相传，他们秘密守护着耶稣墓、被视作女性象征的圣杯、共济会的继承者、早期银行家、秘密魔法师，甚至有人说，他们是一群同性恋者。这样的猜测大概是因为一幅骑马图，画中的圣殿骑士们一个贴着一个骑在同一匹马上。

多数关于圣殿骑士的遗存被视作禁忌，被销毁、篡改、阉割，成为一段不可说的往事……我记得，有一次M和我乘坐游船游览玛黑区，我们执意要去探寻圣殿骑士的圣地。那时，我们知道的关于圣殿骑士的知识，不过是小册子上的只言片语。那次探索之旅的终点就在距离我们公寓数百米的地方。

"如果这是圣殿街，应该会留下圣殿的遗迹。时间不会湮没往事。现代人不会放过任何真相，五千年前被做成木乃伊的人们的死因都可以水落石出。"我对自己说。

一些观光手册对圣殿所在地的描述十分含糊，我们按照指示，最终却来到法国电力公司大楼的中庭。他们试图说服我们，那处摆放着喜马拉雅风格家具的空地就是一座方济各会修道院的遗址。难以置信！一座修道院的遗址位于一幢国有大楼的中庭。这处颇有罗马风格的开放式中庭正在展出古董床架、衣箱、板条箱和古喜马拉雅人使用的纺锤。整个展区都是露天的,展品竟然暴露在日光之下!我们想要寻找圣殿的遗迹,找到的却是经又苦又甜的精油处理、散发浓香的家具。每当我想起那不见踪影的圣殿,回忆起的,却是这段芬芳美妙的经历。

*

"男士们准备好了吗?"我催促着武克和 M,"今晚,我们要去弗拉梅尔和佩蕾奈尔之家赴宴!希望他们备好了美味佳肴。"我打着趣,实际上,却有些惴惴不安。去炼金术士之家的决定未免有些鲁莽,前往中世纪秘密庄园并非光彩的事。

我们幻想着能在这宁静的夜晚找到属于我们的圣殿。我想儿子也是这么想的。现在的他既是孩子又是少年,正站在人生的十字路口。我们满心欢喜地打量着沿途风景,绿色的大门、凿石的门廊、透着幽暗橘色灯光的巴洛克风格咖啡馆、出售东方商品和文艺复兴风格衣帽的高档商店、犹太餐厅、卖干花(法国人称之为 fleurs mortes)的小店、出售壁炉和铁配件的商店……走到蒙莫朗西街时,光线顿时暗了下来。我们来到了一片私人住宅区。除了路灯,还有窗帘缝里透出的一丝光线,透过窗帘缝,我们可以看见天花板上的棕色木梁。玛黑区的房子都会像阁楼一样，在天花板上安装木梁。

蒙莫朗西街稍短，人行道只能容纳一人通过。幸运的是，视野之内并没有其他人。这条街一眼就能望到尽头，我们发现只有某幢楼的底层亮着灯。那幢楼便是佩蕾奈尔之家。

佩蕾奈尔之家位于蒙莫朗西街51号，由黑色岩石垒成，已经历尽风霜。立于黑暗中，光线从两扇大门和一扇窗户里透了出来。竟然是一家餐厅！确切地说，是一家高档餐厅，位于昏暗小路尽头的餐厅！大门处有一面中世纪的圆形彩绘玻璃，窗边挂着厚厚的绣着金边的白窗帘，餐桌上摆着巨大的多头烛台。餐厅里却一个人都没有。入口处的玻璃大门上，挂一张哥特字体的招牌。招牌历经风霜，字迹虽已模糊，但隐约可辨。

我们三人困惑地打量着空荡荡的房间。

"抱歉，孩子，这里没有巫师。"我有些懊悔，后悔没有带他去巴黎附近的迪士尼乐园。

"或许我们可以在这里吃晚饭。"武克满怀期待地望着窗户里的世界。

没错，我承认，法国人在制作食物、红酒、奶酪、香水、化妆品、高级时装时，就像炼金术士般游刃有余。他们精通艺术、建筑、美食的魔法，也深谙享乐与情爱之道。他们是 joie de vivre① 的魔术师,但我难免心存芥蒂。我精挑细选的餐厅从未令我这般失望。我绝不能被弗拉梅尔之家坏了兴致!我不想在这里用餐!

"不如让妈妈为你做点好吃的?随便你点!今晚,让我化身佩蕾奈尔,化身女巫,为你施展魔法!"

武克和M不约而同地挤出一丝苦笑。他们触到了我敏感神经。一开始,我还心存愧疚,此刻,我只有无奈。

"我可以发起暴风雨!不仅有狂风暴雨,还有电闪雷鸣。闪电、惊雷、大风、暴雨,完全就是世界末日……我能发起世上最猛烈的暴风雨。"我强颜欢笑道。

他们一边点头,一边望着蒙莫朗西街宁静怡人的夜色。他们的目光落在巴黎的迷人屋顶上,落在那些可以入画的可爱烟囱上,最后投向天空,投向茫茫宇宙。

"风雨速来!"我面色铁青,故作镇静地喊道。

"Orage②!"武克决定加入我的游戏,大笑着,练习刚学会的法语单词,"Orage!Orage!暴风雨!Stormette③!大暴风雨!"他大喊道。

我们大笑着。笑声在偏僻昏暗的街道上回响着。

"我们回家吧!"我建议,"这里过于僻静和昏暗,还

---

① 法语,意为:生活乐趣。——译者注
② 法语,意为:暴风雨。——译者注
③ 武克按法语构词法生造的单词,可理解为"暴风雨"。——译者注

有一丝哀怨的气息,仿佛世界末日。我们可是在巴黎,行乐须及时。"

我们还没走出窄街,末日便降临了。晴朗无云的夜空突然刮起了狂风,暴风雨向蒙莫朗西街、向居民的屋顶袭来。狂风暴雨无情地降临,仿佛来自天庭。闪电、惊雷、大风、暴雨,世界末日……

我们开始狂奔,惊慌失措,浑身湿透。我被吓坏了,被自己,被弗拉梅尔,被佩蕾奈尔,被巴黎,被上帝……我们仨在门廊下躲雨,如精疲力竭的野兽般急促地呼吸。

暴风雨停了,毫无预警地来,又毫无预警地去。

武克看着我,眼角流露出难以置信的神色。

"暴风雨妮娜!暴风雨妮娜!暴风雨妮娜!"他轻呼着我的昵称,试着将身边这位神秘的女人和自己的母亲联系在一起。要知道,母亲自己也惊魂未定,她甚至觉得自己的身体里住着另外一个女人。

"暴风雨妮娜!"M若有所思地念着。

"暴风雨妮娜!"我战战兢兢地低声念叨,"我再也不敢了。我发誓!"尽管我怀疑自己并非这场气象灾害的罪魁祸首。

尽管如此,我在家有了新的称呼,每当我决定放手一搏时,他们便叫我"暴风雨妮娜"。最近一次的危险行为发生在路边,我恰好经过一盏路灯,只见路灯瞬间熄灭。

但我明白,我的能力绝不止于此。

*

随着年龄的增长,我渐渐只对实用的知识感兴趣。此外,我也不拒绝可以转化为应用的抽象知识。

人们时常向我打听永葆青春的秘方。答案并不复杂。

首先,你要相信自己能改变自己的容颜。

随后,你要改变你的饮食。不能节食,但要保证饮食适度。你要相信,你吃什么就是什么。快节奏的时代不容许细嚼慢咽,换言之,你要避免油腻、难消化的食物。

你必须保证食物的多样性。不要厌食。不要挑食。饭后宜散步,最好是在郊外,至少是要在公园了。绝不能去逛商店。在不同季节,可适当锻炼,例如瑜伽。

最后你还要抚慰自己的身体和心灵,爱自己,才是最好的护理。

秘诀就是这么简单。

我坚持了四年,果真看到了效果。

我决意以此为主题写一部小说,但还没提笔。

至于本书的主题,到现在,我都还没有确定。

我的身体和心灵仍旧蒙尘,亟待涤清。

时不我待啊,时不我待。

一言以蔽之,健康饮食成就健康人生,健康人生意味着长寿人生。那长寿人生又意味着什么?

*

我们回到了诺曼底酒店的客房,回到现实时空。我们坐在五边形房间里,被洛可可风格的白色和粉色家具包围着,俯瞰窗外的四条街。我没有去药店选购现代魔法石。我对那些包治百病、延年益寿的魔法石不感兴趣。

"我甚至没来得及吃午饭!没有吃烤蜗牛、鹅肝、雪葩、焦糖布丁……"我自怨自艾道,"请帮我把冰箱里那个在飞机上吃剩的三明治拿过来。"我一头栽倒在床上,身下铺着过时的床罩。

女佣从哪里觅到这20世纪的货色!我从没见过这种花色。我真想有一张带磁力的轻如鸟羽毛、状似蜘蛛网的被单。它不仅贴合我的身体,还会随着气候变化,让我的身体与地球的能量场保持平衡。当然,做工必须精美。

"巴黎这样的大城市充满关于现代社会的启示。"我冲正在扫荡冰箱的M喊道,"他们现在提倡慢生活,无所事事,放空自己,切断与外界的联结……你在听我说话吗?"

"我听见了。"他对我吼道,"你只关心地球和自己!没人受得了。你一直在为宇宙大爆炸担惊受怕。"

"我关心地球,关心自己,有什么错吗?其他人也……我只是无法像青年一样追逐流行的步伐,仅此而已。其他的,无可指摘……我只需一双靴子,就能振作精神。"

他站在大厅和卧室的门之间,手里拿着我攒下的塞尔维亚三明治——以备不时之需,例如饿极了的时候。他是如此迷人、性感,尽管已经七十八岁高龄。但巴黎赋予了他魅力,让他变成了圣日耳曼伯爵,那位在神秘文学中于故乡街道游荡了三百年的男子!

"这间屋子在拐角处。床背后那面墙的另一边是洗手间,我们翻云覆雨时没有年轻男人会砸墙……要知道,没有浪漫史的巴黎是多么无趣!人生得意须尽欢。身体的快感会让精神上的烦扰顿时烟消云散。我们试试流传已久的长生不老药吧。情爱是灵丹妙药。我写过许多爱情故事……"我笑着褪下自己的衣裙。

"但我想戴上长筒蕾丝手套,长及手肘的那双。"我补充道。那双手套是我在老佛爷百货随手买下的,也是唯一的战利品。"套住我的手,获得更洁净的性爱体验。"

"来吧!让我给你最深的法式深吻。"M伸出双手向我扑来。

法式深吻是身体的魔法。它迅速地满足渴望爱抚的身体，是舌尖上的性爱。只需一吻，你就可以尝到爱人的滋味。法式深吻是唇齿间的炼金术，是诚挚的情爱邀约。

肉体之爱具有治愈力，毋庸置疑。但高潮之后的满足感稍纵即逝。你感受到肉身与宇宙的大和谐，但很快——嘣！只剩虚无！你感觉自己是整个宇宙中最孤独的存在。

M很快就睡着了。我的头痛却卷土重来。我的肚子咕噜直响。自作自受，我想，谁叫你昨天吃了黏糊糊的软体动物。蚌肉喂不饱肚子，重的是它们的壳……如果我没有这副躯壳，会少却许多烦恼。据说，灵魂很轻，因为人去世的时候会失去几克的重量，这便是灵魂的重量。灵魂就像不朽、无限、轻盈的软件，肉身像是笨拙、粗糙、充满缺陷、容易腐朽的硬件。

我突然想起古谚："Mens sana in corpore sano[①]."只有伟大的时代才能孕育这般至理名言。我尝试过一些流传甚广的偏方，衰老的脚步日益变缓，身体不再受病痛的折磨（我的喉咙也不痛了，咳嗽的症状也消失了）。我的身体健康，灵魂却萎靡。于事无补，我没能医好自己。我的灵魂病了，这才是症结所在。生命就是如此荒诞——"Mens sana in corpore sano"。

[①] 拉丁语，意为：有健全的身体才有健全的精神。——译者注

我取出为 **M** 准备的测量仪。我的血压更低了，脉搏数却变高了。外部世界的速度影响了我内在的节奏。心跳竟然有一百。多么可怕！如果仪器能测量灵魂的振幅，我恐怕得立刻吃药。老天！

我用握左轮手枪的手势握住电视遥控器，仿佛自己可以随意改变外部世界的速度。我躺在床上，想象着自己能够跳过外部世界节奏混乱的情节。我的脚安生了，忙碌的是我的眼睛。

我任由那些画面旋转着，无聊至极！我们似乎精心准备了一只空空如也的"丰饶之角"①。就连电视也无法让我平静。

突然，我意识到，我始终沉迷于画面上方的节目预告条，对画面毫无兴趣。我更关注即将发生的事，而非此时此刻的世界。

我不禁陷入狂想，思绪甚至飘到了窗外：或许速度并没有将现实时间缩短，而是将时间延长？！

我无暇应对这形而上的谜题，更何况我在巴黎。萎靡不振地躺在这皱巴巴的白色钩花床单上无疑是浪费时间，浪费时间是精神上的犯罪。

---

① Cornucopia，源于希腊神话，是丰饶的象征；在绘画、雕塑中常被表现为装满花果与谷穗的羊角。——译者注

"走吧！我们去里沃利街买靴子吧！"我推了推丈夫。

"又去？！"

*

我振作精神，径直回到了街道上。我没有在小街上逗留，而是径直冲向城市的主脉——里沃利街。

商业街嘈杂无比，有时尚精品店，也有大卖场。艾格、Eram、Côte&Ciel、Habitat、Celio、Pecca、Fnac、Bricorama、H&M、C&A、春天百货、Minelli、Zara……橱窗闪闪发亮，货架琳琅满目。所有的商品都散发着潮流感、时髦、性感、另类、特别、货真价实，促销价买一送一、买三送一……一切都是最时新的。

我觉得在巴黎购物最畅快，其他人却不相信。但不得不承认，此地的商品品类众多，价格低廉。你可以买到你能想到的一切，只要计算好如何顺路购齐所有商品：在连绵数公里的货架前耐心挑选，将心仪的商品放进购物车，排队试穿，在收银台前耐心地分拣付款，耗上至少半小时。无论穷人、富人都要忍受漫长的队伍，但收获的快乐远大于痛苦。

我在穿衣这件事上，颇为随心所欲，整个巴黎都是我心中的理想秀场。可我渐渐意识到自己所拥有的一切逐渐打乱生活的步调。往事就像衣橱里堆积如山的衣服，现实人生反倒无处安放。即使最新潮的时装也瞬间沦为旧货……

我怀着志在必得的决心推开了第一家百货公司的大门，仓库般的冷淡气息扑面而来。过去那种抓起商品又闻又嗅的购物方式实在不入流，这种仓储式的商店没有丝毫混乱的气息，店员只需按规章办事，顾客自顾自挑选心仪的新产品，幻想着就此拥有新生活。

"在这里，便宜的和贵的商品没有太大区别。这是跳蚤市场！迪奥也好，中国货也好，任君选择。"我说着塞尔维亚语，抵制全球化的时尚，"我敢肯定，自从中国商品占领市场，我们所见的每一件只值一欧！只有迪奥的缝线值一百欧。价值为一欧的商品价格至少一百欧，价值一百欧的商品价格至少一千欧……"

"商家都是些什么人？"

"唔，我们……"我思考了片刻，"我们不过是在与自己交易！好吧，你不打算试试吗？我准备下手了。这地方真让人疯狂。我一定要买点什么。贝尔格莱德的人都不相信我，不相信巴黎应有尽有。"

可实际上，应有尽有的确意味着一无所获。

我幻想有人能发明所谓的"意念服装"。我只需想象衣裳的颜色、款式、细节、长度、所用场合和设计风格，衣裳便上了身。无须打包，无须在衣橱里挑挑拣拣，无须洗涤熨烫，无须计算价格，无须货比三家……当然，这想法也并非十全十美，我颇为享受货比三家的快乐。

逛的店越多，越是失望。里沃利街让我颇感挫败。疲倦排山倒海般袭来，我感觉自己仿佛已经操劳了两千年，历尽了磨难。老天，我开始为自己祈祷，我只想立刻回到我那美丽、贫穷、传统的小小故国，回到塞尔维亚！贝尔格莱德是我的天堂。

所谓的天堂！我感觉自己的另一重人格开始反抗。你疯了吗？你知道回去后你将面对的是什么。故土在欢迎你，地狱之门为你敞开：污秽、泥泞、破烂、散架的公交车、"长"在树杈上的垃圾和塑料袋、一片狼藉的垃圾桶、砂石、废弃的轿车、斑驳的外墙、行将报废的车辆排出的尾气、散发恶臭的干肉和厨余垃圾、酸臭的出租车、难闻的公交车站台、杂草丛生的人行道、刺耳的噪音、钻头和机器的轰鸣、破败的摩托车库、将音乐声开到最大的邻居、嘈杂的咖啡馆、病恹恹的树木、骨瘦如柴的麻雀、浑身淤泥的小猪、厚重的雾霾；还有灰暗、穷困、粗鲁的路人，他们脸上没有一丝笑容，遭遇的全是烦心事，就连阳光都是阴沉的……

我心下一沉，有种困于果壳的压抑和迷失于荒野的孤寂。

我无路可退,只能受困于此。我感到胸口憋闷,开始发抖。我差点摔倒,幸亏丈夫扶住了我。

"我不舒服……非常不舒服。"我嗫嚅道。

"我知道。"他小心翼翼地说,"你的脸像纸一样白。"

"我要死了。"我喃喃地说,"一想到贝尔格莱德的一切,我恨不得死在这该死的巴黎。还有其他出路吗?给我一片硝化甘油好吗?"

"你不会死!我们需要找一个地方坐一会儿……现在……"他急忙四下打量。

"一个地方"和"现在"多么遥不可及。触目所见,是一眼望不到头的商店。可怕的都市!最近的出口、最近的长椅、最近的雨阳棚,近在咫尺却又远在天边。我想起往事……1999年,贝尔格莱德被轰炸。当第一声警报响起时,我恰好在街上,每一处庇护所都显得那么远。从电话亭到家的距离仿佛天涯海角。爱因斯坦的相对论如此残酷。

我们跌跌撞撞地走进一家咖啡馆,它的阳台被玻璃纸和室外取暖设备覆盖。我稍稍好受了些,大口喘息着,肺部发出嘶嘶的声响。

"上帝啊,亲爱的,你到底怎么了?!你把我吓到了!"他凝视着我的眼睛,"你总是忧心忡忡,一直眉头紧锁。

忧愁耗尽你的力气。不要为无谓的事耗费心力。你怎么了?告诉我……看,我们现在在巴黎的中心,所有人都在嫉妒我们,都在看你……"

我的眼泪奔涌而出。哭吧,哭泣让我好受些。

"我害怕这个世界的一切。就在刚才,恐惧将我击倒了。"我轻抚着自己的脉搏,"我还没缓过来……我害怕!"

"需要服务员为你叫一辆救护车吗?"

"救护车穿过嗡嗡的人群时,我会吓得叫出声来。"我虚弱地笑了笑,我现在感觉好多了,"救护车太吵了,想想它的警告声——一刻不停。请给我一杯巴黎水,它会让我神清气爽。待会我们一起回皇家宫殿附近,回酒店。酒店就在一千米以内。"贝尔格莱德空袭时的场景再次向我袭来,咫尺之遥如隔山海。

我不住地颤抖。我能够活着回到酒店房间吗?

"你还记得我们遭遇空袭时的场景吗?"我为自己的明知故问暗自发笑。

"我记得……"

"当时,我诅咒法国人,并向上帝祈祷。"

"祈祷什么?"

"我向上帝祈祷,希望巴黎也被警报声笼罩,哪怕一次也好。当时,我感到深入骨髓的寒意。那声音,我终生难忘。"

"然后呢?"

"贝尔格莱德被轰炸后,我们来到巴黎,愿望成真了!却没有吓到巴黎人,吓到了我自己!"

"怎么会这样?"

"再简单不过!巴黎人会在每个月第一个星期三正午进行警报演习,就像我们在铁托时期那样。当时我在街上,好像就是在里沃利街……没错,就是这里。我就在里沃利街,警报声突然响起。我的血液顿时凝固。我四下打量。其他人却连眼睛都不眨,淡定极了!继续从容地散步。我却被吓得目瞪口呆!可笑极了,对吗?太不公平了!"

"不公平,塞尔维亚人最爱的词……"M说。

"我现在好多了,我们回酒店吧。都是上天的安排,我们在巴黎的唯一一套公寓都没有了……"我只能庆幸,至少在贝尔格莱德,我们还有一处容身之所!

"谢天谢地,那套公寓是我们的累赘。漏水了,我们得从布达佩斯飞到巴黎找水管工。到了这儿,却发现煤气公司把煤气停了,没法做饭,没有热水,电也停了,电话也……公寓只空置了数月而已。"

"是的。1992年,分配限制条例出台,我们离开暗无天日的贝尔格莱德,摸黑前往位于巴黎十字架之女街的公寓,当时戴珍珠项链、建议我买'糖浆'的邻居借给我们一根蜡烛。"我继续说,"都是上天的安排,如今我们成了巴黎的游客!你母亲给了我们一把钥匙,千叮万嘱。我欢欣鼓舞地接过钥匙,还以为是酒店钥匙,不对,酒店现在都用磁卡了。"

"别忘了,还有数千页的法国税单。"他自顾自地长篇大论道,"我们还要付钱给普利森,让他帮我们修整外墙;给律师,他叫什么名字来着,哦,对,让·夏利,给让打国际长途电话,讨价还价,一刻不安生……这一切简直要把人逼疯。这样那样的事不胜枚举。"

"等等……"我嘀咕着,"我们并不是因为这些原因才卖掉巴黎的公寓。这些不是主要原因。是为了你的婚姻!那段名存实亡的婚姻。你在遇到第二任妻子,也就是我之前就买下了它,和第一任妻子离婚时卖了它……"我深吸一口气(可谓不动声色),准备历数那些难断的家务事。

"走吧!你已经彻底痊愈了。"

我的病并没有完全好,但显然,已经好得差不多了。

*

或许该感谢巴黎水,这种只在法国才能喝到的神奇饮品,现在,我的确好多了!它疗愈了我的身体,疲倦一扫而光。我把它带回酒店,放在钩花床单上。此刻我意识到自己已经很久没有感受所谓的自然力量了，水也好，空气也好……

"你知道如今最奢侈的是什么吗？"我问他。

"什么？"

"自然。我一直深爱着大自然。它是无价之宝，堪比天然的钻石。它天生就如此美丽。"

"是嘛。"他笑着说，"大自然当然是天生如此美丽啊。"

"我喝水时能感觉到水的力量，就像梦中情人的轻吻，每个细胞都是舒畅的。"我闭上眼睛，感到莫大的欢喜。

"你真是信口开河……人们不会相信我的情敌竟然是水！"

"你知道如今一口新鲜的空气对我们价值几何？价值连城！都市人只有在旅行时才能享受到户外的空气。换言之，'户外'意味着一笔不小的费用。普通家庭一年只有一次一连十天呼吸室外相对新鲜的空气的机会，这笔开销足以令他们捉襟见肘。至于生活在都市之外的人，甚至不知道所谓自然为何物！他们既不推崇自然，也不赞美自然之美。多奇怪啊！"

"你还记得葛兰·彼得洛维奇第一次到巴黎的感受吗？他对巴黎赞不绝口，因为整座城市甚至没有一棵病恹恹的树。"M立刻将话题转向文学。

"我知道!这话多么迷人啊!他是怎么想到的?他的印象甚至影响了我。在那之后,我像疯子一样观察贝尔格莱德的每一棵树。他说得没错!糟透了。每一棵树都像是病入膏肓。"

"你们建议土地登记簿的管理者给都市里的每一棵树取一个名字,这点子很好,每一棵树都很重要。"

"好吧。"我大笑起来,"树很重要!将郊区果园里结果子的树视作宠物甚至家庭成员的时代终于到了,不过在我看来,这个想法并非开玩笑。小镇原本就是一个大花坛。从半空中俯视,它的轮廓就像一只大花盆。"

"所谓自然不仅包括地球,你的生态眼光未免不够长远。要知道我们的故土对我们而言,就是全世界。"

"我可不接你的茬。我刚刚可没提宇宙。我关心的是我们真正的故乡。我期待情况好起来。我希望塞尔维亚能从一个守旧甚至有些妄自尊大的地方变成宜居的国度。塞尔维亚颇有古风,毕竟它是个小国,不像那些混乱的富裕国家。只要引进巴黎那种带催化排气装置的公共汽车,巴尔干尘土飞扬的局面就会得到改善。"

"哈哈,没错!"

"别用假笑敷衍我。这一天很快就会到来,甚至比我、比塞尔维亚人预想得还要快。"

"你累了,亲爱的。你太好辩了,不仅反驳我,还将所有罪责推到我身上，我不计较，因为你累了。你刚才还说塞尔维亚是一个颇有古风的国家，随后你又大谈特谈塞尔维亚的未来。你的思绪有些乱了……"

"我没有乱。我只是按照塞尔维亚人的思维思考，一种既矛盾又统一的思路。你不会见到第二个国家以如此可笑的姿态登上国际舞台，塞尔维亚就像一个爱哭鼻子的十五岁的孩子！因为不受他国尊重陷入漫长的悲伤情绪之中，最后竟然主动承认自己一无是处。如果我们的国家能表现得年长四岁，局势大概会正常得多。"

"够了！你又犯病了。冷静点。"

"你说得对。我现在感觉头昏眼花。让我去购物吧。随便什么都可以，否则我会提前进入更年期。只有当下流行的东西能治愈我。"

我就像死了一样躺在床上，巴黎却始终生龙活虎。暮色降临，夜生活开始了，我的感官仍是麻痹的。只有那该死的心脏还在跳动。我的心始终有所牵系：环境污染。它还在操劳——真有趣！还在担心空调、空气净化器、臭氧制品、离子发生器、精油灯、人工合成香料对人们的影响。或许有一天，我离开城市，想要呼吸新鲜空气，却发现我无法正常呼吸。我还不适应这种环境。

呼吸已经无法让我们的身心放松，我必须提高警惕。我安慰自己，至少我们还有选择呼入哪种废气的自由。

我坐起身,点了一根烟。实际上,香烟是我唯一能够主动选择的"废气"。可我不会抽烟……我连香烟都受不了!我不会!我感觉糟透了。我做错了什么?

你罪有应得!你咎由自取!我对自己说。身居兰芝之室,依然要与鲍鱼之肆比邻。为什么我会有这么多的烦恼?如果你的身体只能适应健康的环境,你迟早会像恐龙一样灭绝。恐龙正是因为无法适应地球遭撞击之后的气候变化,才彻底灭绝。

能想点好事吗?求你了。我自言自语,随手打开一个空抽屉。我不禁笑了。与其说它们是抽屉,不如说是在进化过程中被淘汰的不实用的搁板。

我尽力了。我的头脑、我的灵魂都尽力了。我既是国家主义者,又是世界主义者;既是天主教徒,又信奉禅宗。背后的原因绝非偶然。形象思维 + 肌肉舒展 + 心理投射 + 信仰 + 勇气 = 积极的思想!

我想象自己正凝视着放射出水晶般晶莹光亮的海面。空气中飘荡着水底盐碱植物的苦甜气息——没事,困顿很快就会消失!

我想象自己正躺在长满青草的山坡上。不远处,清澈的溪水汩汩地流淌着,静极了——和自然美景相比,文字显得苍白。我的情绪未见好转。

起伏的群山是上帝最伟大的创造。风景不朽——这样的描述似乎略见诗意，但仍旧没有多大用处。

想象的自然美景没能治愈我。这时，有人出现在门边——是M。酒店客房安装着老式门铃和老式黄铜水龙头，此外还有双人面盆，一只男用面盆，一只女用面盆（尽管坏了），还有两个橱柜，男用的那个坏了，女用的那个是好的，甚至还有一张男士专用桌和一张摆在巨大盥洗室里的女用化妆台……

"你给我买什么了？"我无精打采地问。

"一件睡衣和一些蜜饯。看，这些闪亮的枣子多大呀，和网球差不多大小。"

他说着，将一只"给我买"的枣子塞进嘴里。

"把睡衣给我！别偷吃我的枣……"我兴奋地打量着黑色睡衣，翻看商标——是有机棉做的。

"你给我买了一件有机睡衣！太意外了！我在想什么是有机棉。"我一边翻看成分标，一边说。

字太小了，我不得不戴上眼镜。

"你不必为睡衣的水洗标耗费精神！"

"为什么不！好吧，各种语言的说明文字挤在一起，的确难以辨认。没人对它们感兴趣，没人会读任何东西，有放大镜也不行。"

据说，制作睡衣用的有机棉花在空气清新的露天环境中长大。材质更轻柔，近乎丝绸。多么特别的棉花呀。我前半生穿的棉织品都是由被污染的棉花做成的。可怕极了！

"我不得不收回我的话！一分钱一分货。可你知道为什么迪奥的服装价格高昂，诺贝尔奖获奖作家的书却价格低廉？要知道，那些服装的价格高得离奇。是因为它们的牌子吗？诺贝尔奖获得者的名字不值钱吗？他的每个字都可以卖出好价钱！只在我们的国家，只在我们国家的文学界，作家的名声被贱卖！"

他一时语塞，百口莫辩。他不得不敷衍地聊起别的话题。

"你感觉好些了吗？需要我……"

"不需要！"

"我还没说完！"

"你要说的是巴黎艺术奇妙夜吧，比如，去参观卢浮宫的夜间特展！我根本不想动……"无力的感觉再次袭来。

"我想说，今晚去见熟人吧。这里有我们的亲戚、朋友……你很快就会活过来。你买的靴子也会让我们容光焕发。"

"不行,我不想和任何人说话。该说的话都已经说完了,无论是用何种语言……"我一边说,一边回忆起巴黎的社交圈。

我们已经相爱多年,结婚之后,我们除了智力的诡辩,鲜有其他交流。或许只要找到了合适的沟通方式,这种局面就会改善。我们的确需要第三人激发我俩的激情。谁呢?

阿兰·博斯凯已经去世了。阿兰是一位迷人的绅士、伟大的作家、敏锐的评论家。他的英语口语比法语好,不过俄语才是他的母语。他的妻子是英国人,厨艺很糟,但魅力非凡。米洛什·索伯伊奇住在蒙马特的洗濯船附近,他的住处曾是毕加索的工作室。我很羡慕他的妻子洛特卡,她有一间摆满镜子的时髦浴室,就连地板也是镜面的!还有秀发浓密、精力旺盛的艾曼纽·威兹。她将 M 的《哈扎尔词典》搬上了舞台,演员们在法国各地的城堡里表演这出戏。正是她提出将其分为阴本、阳本,并将两个不同的版本分别表演给男性观众和女性观众。我很喜欢和她一起在圣日耳曼大道的双叟咖啡馆消磨时光。我还想起了柳巴·波波维奇,我被他隐秘的激情深深吸引。他会用自制的不同颜色的墨水写日记,那些墨水闻起来就像带着艺术气息的香水。他是一位对香气扑鼻的颜料有着偏执追求的画家，这种偏好甚至影响了他的语言！

当然，还有法国演员西蒙·埃内。我们在法兰西喜剧院欣赏了他的告别演出，他作为拉比奇的戏剧《马丁的奖赏》的主角。他有自己的套房，不是化妆间，是真正的套房，透过窗户，可以看见我们下榻的酒店。他的套房十分奢华，却空荡荡的，只有一张桌子和一把椅子，未免有些古怪。桌子上摆着他当时主演的大戏的舞台光照模型。地板上则放着一块巨大的发光的石头。一盏地灯！整个房间弥漫着浓郁的东方情调的香味。此外，还有颇有教养的出版商皮埃尔·贝尔冯，这位曾经的知名出版商似乎厌倦了文字，他卖掉了出版社，开了一间只展出作家画作的画廊。我曾在他的画廊里见到了乔治·桑的小型雕塑。我还想起了荣格，一位电视导演，他曾拍摄了一部关于嫉妒、飞行、达·芬奇的迷你剧，他长得像吸血鬼。当然，我绝不会忘记托尼·加塔诺，他是一位出版人，在巴黎市郊有一处配着穿制服的用人的私人宅邸。他在 20 世纪 90 年代曾劝说我们移民法国，我还记得，当时，他的用人端上了香芹叶做的改良法式沙拉……

"我不知道该去见谁。阿兰·博斯凯去世了，密特朗也是，我知道你在认识第二任妻子，也就是我之前曾频繁地拜访他……我知道了！应该组织一次法塞联谊，叫上一对伴侣。最好双方都是作家……老天，我知道该请谁了。

简直是不二之选。叫上戈伊科和加布里埃尔吧,让他们来酒店。我们就在吧台附近等候,我可不想出门。"

*

戈伊科·卢契奇和加布里埃尔·伊阿库里都是文学翻译家。他们住在蒙帕纳斯大楼附近一套配备精美家具的老式公寓里。这是一对文学拍档,加布里埃尔并不健谈,但厨艺高超,负责校对戈伊科的译稿;戈伊科负责将塞尔维亚语翻译成法语。加布里埃尔欣赏我,我也十分欣赏他。他会殷勤地亲吻我的双手,为我端上美味佳肴。戈伊科出生在诺维萨德,他的爱好是哲学、文学和数学;加布里埃尔则来自南法的朗格多克,很久以前,卡特里派曾在当地散布异端之说,冒犯了圣殿骑士。加布里埃尔精通塞尔维亚语,尽管他不会说。我的法语大致和他的塞尔维亚语水平相当,我一开口便是所谓的英式法语,好在法国人可以听懂。

不知为什么,诺曼底酒店的酒吧是苏格兰式的[①],看

[①] 我去过真正的诺曼底,当地老式酒吧的内部装潢令我十分着迷。酒馆内部看起来更像一处温馨的小家,而非通常意义上的餐馆。我在那儿喝到的诺曼底卡尔瓦多斯——一种苹果酒——比最昂贵的干邑白兰地还要可口。

起来不像酒吧,更像是俱乐部,确切地说,是狩猎俱乐部。壁炉上挂着鹿角和用来召唤巡回犬的半圆号角。墙上有许多装饰画,其中一幅画的是古代废塔。我很好奇。这些塔和打猎有什么关系吗?或许隐喻着风险和危机?显然,这幅画与整个氛围格格不入。

壁炉里燃起了篝火,炽热的光线顿时映红了扶手椅上的苏格兰格子布。酒吧的内饰稍显陈旧,维持着上个时代的风格。高档红酒的香味若隐若现,但香烟、威士忌和汗水的恶臭显然占了上风——堪称巴黎奇景。好吧,我该做点什么。最初是因为我的健康问题,才联络他们。我点了浸茴香枝的薄荷茶。

意外的是,戈伊科、M也和我一样点了薄荷茶(老天,在巴黎点这东西简直太奇怪了),加布里埃尔则给自己点了一杯香槟。话题始终围着文学打转。后来,又聊到巴黎当下的住房情况。移民潮仍在继续,戈伊科说,老巴黎人搬到了首都郊外,新移民则定居在市中心。

"想象一下,"他说,"巴黎城郊在离协和广场一百多公里的地方。来自荷兰、英国、比利时的花里胡哨的年轻人住进了美丽的老公寓,他们在巴黎待上几年,随后又前往其他老牌欧洲城市。我们住的公寓楼里,如今没有一位巴黎老妇人。"

我想起我们在玛黑区的邻居,戴珍珠项链的"糖浆"

女士。她一定已经搬走了,但喜欢砸墙的邻居应该没有。他现在大概已经有了新邻居。

"我正想问这事。"我说,"这世界到底怎么了?一想到卫生问题、污染问题、健康问题,乃至生活节奏的话题,我便一头雾水!未来,人的身体会发生变化吗?会长成什么样?基督教何去何从?最后也是最重要的,人类的终极目标是什么?应该如何实现?"

M惊诧地看着我,戈伊科吓得把勺子掉到了地板上,只有加布里埃尔还在泰然地品着香槟,他看我的眼神仍旧透着发自内心的欣赏。他凝视我的眼神始终如此,仿佛我是一位尊贵的妇人。

沉默持续了大约一分钟,整个酒吧弥漫着死一般的寂静。

为了化解一连串不得体的发问引起的尴尬,我主动开口:"简单说吧。环境污染会影响我们的健康吗?人类的快节奏生活会影响寿命吗?"

(接下来,在这场关于未来的卫生话题的对话中,M还是M,雅是我,戈是戈伊科,加是加布里埃尔。)

戈:雅丝米娜,难以置信,你也会加入人类未来的卫生话题的讨论大潮。看在老天的份上!你没觉得这些人操心的事太多了?禁止这个,限制那个——抽烟、做爱、食物、阳光,甚至你脸上的皱纹、你呼吸的空气,在他们看来都是危险的。活着就意味着风险!

雅:你说出了我的想法。当下是地球污染最严重的时代,人类的寿命却空前延长了!不可思议,但事实如此。我能做点什么,我不能袖手旁观。

M:(沉默)。

戈:良好的卫生习惯,是通往健康长寿的快车道!

雅:新时代,尽管你甚至不需要电视购物频道就可以通过各种广告了解清洁产品、易吸收的轻食与构建清洁人生的关系。卫生的习惯的确可以延年益寿。这道理再简单不过了。

戈:(思考片刻)你想说的是,日益严重的污染迫使我们不断追求更纯净的生活。净化是一个古老的话题了。

雅:是的,这正是我想说的。不过有一点不一样。过去,净化只是停留在我们的思想层面。现如今,我们是扎扎实实地在进行净化工作。将污染物过滤,全部过滤!不能有一丝残留,甚至连头脑里的渣滓也要清除。

M:过去,脏东西让人生病;现在,压力使人病态。

雅:没错!我就是典型。我需要抗压力的疫苗。在塞尔维亚,我几乎尝试了全部的抗压治疗手段来保持健康、维持好心情:反射疗法、灵气疗法、针灸、行为心理治疗、排毒疗法、结肠疗法、冥想、休憩、脊椎按摩疗法、芳香疗法、短波疗法、淋巴引流、压迫治疗、超声波、激光、电磁……我还尝试了不同地区的按摩手法，有的用两只手，有的甚至手脚并用：日式指压、阿育吠陀、火山岩、水晶治疗、药草、光谱疗法，当然，还有瑜伽、塑身、普拉提、拉伸运动等。我还尝试过听冥想音乐，在喷气流、溪流、瀑布和水帘下沐浴。我甚至还往身上涂抹过巧克力浆、藻类和泥巴，洗桑拿、土耳其浴、花瓣浴，带喷雾面罩……

三个人紧张地看着我。

雅：没有一点用处！我从没有获得理想中的平和心境。而且在一番折腾后，简单的镇静剂已经对我失去效力！

戈：你指的是哪种镇静剂？

加：流传百年的驱魔术嘛……

M：我不知道你在抱怨什么，你很适应新时代。研究表明，女人适应新时代的能力更强，更擅长应对各种新局面。

戈：是的……诞生于两千年前的双鱼时代的男权观念已经和我们置身的水瓶时代格格不入。日益明显的女性特质无疑渗透到当代生活的方方面面。

雅：亲爱的们，你们知道自己在说什么吗？女人之所以有着更强的适应力是因为千百年来女性都在为生活操劳，从太阳升起一直忙到太阳下山！女性的效率更高。更何况，女性还要生育！分娩一直以来都被视作贞洁受到污染的象征，血、分泌物、体液——太恶心了！

加：天使是纯洁的，男人是不洁的。男人……

雅：我已经厌倦了身体、灵魂、精神一类的话题，厌倦了所谓的忍耐、牺牲、"默默承受"。我需要新的基督教、新的弥赛亚、新的基督教的女佛陀。

他们再一次一同陷入沉默，就连加布里埃尔也放下酒杯，用奇怪的眼神打量我。我又失言了。我在塞尔维亚也会遭遇类似的尴尬，特别是在我兴致勃勃地开启新话题时。

服务员见机行事，换了一只新烟灰缸。我颇为反感地意识到，我是这一桌唯一一位没有抽烟的人。我感觉自己的身体就像一间不透风的小酒馆，散发着恶臭。更讽刺的是，我兴致勃勃地讨论的，正是健康和卫生话题！

雅：我需要新的带有平民立场并且可以指导实践的圣经。圣经不该只是纸上的文字，还意味着行动，切身的行动。

加：实用的基督教……

雅：概括得妙极了，正是此意。你是怎么想到这个词的，加布里埃尔？我花了几年时间，才想到这个词……

加：那是很久以前，我和某位女郎恋爱……

戈：（惊讶地看着他。）

酒吧里另一边坐了一群人,他们突然放声大笑,显然是被某个笑话逗乐了。一个抽烟斗的男人呼出一团烟圈,摆了摆手,打碎了玻璃杯,噼里啪啦的声响将我们带回了现实。至少那一刻,我们回到了现实时空。

戈:远东地区的宗教、传统乃至技术,主张生活应秉承和谐之道,但那儿的人寿命更短!

雅:因为卫生问题。我们又回到最初的话题……确切地说,我们在兜圈子。在巴黎,人们使用过滤水。我过去习惯喝瓶装水,但在巴黎我只需拧开水龙头。贝尔格莱德的情况正好相反。过去,我会使用水龙头里的水,但经历了 20 世纪末的战乱之后,我们只能买瓶装水。在不得已的情况下,你们会发动公共生态保卫战,至于我们这些过时了的人,只能用自己的血肉之躯应战。你们还引进了带催化剂的尾气过滤装置,所以我现在在巴黎能享受到如山风般清新的空气。

戈:噢,你错了!这里也有疯牛病、禽流感,还有克隆羊多利……

雅:哦,别和我提疯牛。它们已经要把我逼疯。天知道他们是用什么将那些疯牛喂大的!

加:局势不全好也不全坏。

雅:正是如此,总结得好。你怎么又说出了我想说的呢,加布里埃尔?你会读心术吗?

加：(保持沉默。)

M：我一直好奇为什么法国人的多数食物是从黄油加工的，而非胆固醇。他们知道葡萄酒可以溶解胆固醇，减少发胖的可能，显然，他们深谙食物的提炼之道。

雅：新旧融合的塞尔维亚快餐也不错，也可以溶解胆固醇，保持身心的轻盈。去塞尔维亚看看，当地人无不体态匀称，厚重的只有他们的历史。充斥着污浊的男性荷尔蒙气息的历史注定烟消云散……

戈：亲爱的，你现在更强势好辩了——堪称女中豪杰！

轮到我沉默了。他说得对。我丈夫也常这么说，但我并不在意。丈夫们，确切地说，是绝大多数男人，总是鸡蛋里挑骨头！

我试着放低身段，做出驯顺的样子。

雅：我敢肯定22世纪的人类体格将发生变化。身体内部——器官、细胞质、细胞，连同外表，都会发生变化，人类的外形将更加优雅、修长、轻盈、灵活。那时候的人甚至会用液晶屏幕呈现各自的心灵世界，寿命则将增至一百四十岁。

戈：(苦涩地笑了)简直骇人听闻！现在已经有了给机器防腐的技术，不过注射药剂维持肉身不朽的想法实在很大胆。令人耳目一新！

M：雅丝米娜的思维异于常人，她并不认同自己拥有的事物。她总是抱怨自己的水杯里只有半杯水，为未能斟满的部分号啕大哭。

雅：为什么我会认为 22 世纪的人类体形将发生变化？理由再简单不过了，这是人类的宿命。各式各样的数据、征象预言了这一趋势，尽管人们并不愿看到这样的变化。加布里埃尔会准确告诉我们这一点，人们不愿看到……人们只关注杯子里的半杯水，一向如此。如果有人胆敢道出真相，只会被钉上十字架。人们害怕因为美好、幸福和信仰受到责难，对它们的畏惧甚至愈来愈深。我也害怕。但有时候……（我怨愤地望着 **M**。）

加：人类不愿正视……

雅：人类不愿正视自己和天使类似的宿命：和天使一样雌雄同体，取消性别的界限；和天使一样纯洁，甚至不需要肉身。人类甚至将获得不朽。（思考片刻）不过到那时，所谓的不朽，意味着更加久远、漫长的时空……另外，上帝曾向人类指出不朽的路径。实际上，人类从诞生之日到现在，哪怕被埋进墓穴，仍然会相信所谓不朽。对不朽的信仰根植于我们的灵魂，烙印般刻进了我们的 DNA。无须神明提醒！

沉默再降临。加布里埃尔喝完了杯子里的最后一滴香槟。

雅：可这一切和我有什么关系呢？我活不到见证这一切的时候，尽管我们一面喊着"永不言败"的口号，一面以光速追赶着时代。

加：（用英语说）激素替代疗法和生长激素疗法。

M和戈伊科看着加布里埃尔，面面相觑，只有我平静地喝完了我的薄荷茶。

雅：加布里埃尔，请你帮我点一杯香槟。我想，你是有意诱我继续道出长寿秘方。还有以下四种要素：三、生物同源性、雌激素、孕酮和睾酮的替代物；四、低卡食品；五、体能锻炼；六、外用的抗衰老护肤品。

M和戈伊科：（几乎同时）什么？你到底在说什么？

加布里埃尔似乎已经等不及了，他起身走向吧台，挑选香槟。

雅：延年益寿。我们整晚都在谈论这个话题。这是加布里埃尔总结出的秘方，延年益寿的手段有六种。他刚刚说了前两种，也是最复杂的两种。我也知道这些秘方！我一直很想了解在第三个千年，人们会以怎样的方式延续自己的生命。我始终坚持我的观点。最后，尽管我不十分肯定，但在我看来，快节奏生活和环境污染将让包括我们在内的所有人的长寿愿景化为乌有，让所谓的净化举措付诸东流。

加：（他回到桌边）就连细胞也要和细胞联合起来，适应整个时代……正所谓，物物相应，物物生辉，新旧联合，时不我待。天地归一，一生万物……

加布里埃尔的雄辩令我感动不已！他变了！我从未听过他用这样的语气慷慨陈词。

*

喝过薄荷茶，香槟便不那么醉人了。

那晚，我们聊了太多。实际上，一整天，我们都没有半刻清闲。

我们准备就寝，各自更衣、刷牙、洗澡，没有任何交流……我觉得自己和机器无异，每晚在固定的时间，例行公事般洗漱、上床。一向如此。

我们躺在床上，M很快就睡着了，可我不行。

我很累，累到想死，精疲力竭。

生命无法承受之重……

我该如何熬过这一晚？

我该如何熬过明天？

或许我活不过今晚？

或许自杀才是唯一的出路？！

这一刻，我不再畏惧死亡，而是畏惧生存本身！生之宴飨让我不堪重负，一根稻草足以将我压垮……

我从床上坐起，推开法式双开门。

丈夫已经睡熟了，鼾声不绝，不时呻吟，甚至喃喃自语。

我是多么孤独。我们都要承受无边的孤独，一向如此。

我向有着华丽扶手的法式阳台走去。

巴黎的屋顶，凡·高画中才有的诡异月色，卢浮宫的窗……

我低声自语：

"塞尔维亚人在巴黎！塞尔维亚人在巴黎！"

突然，一个意外的声音在我身体里响起：

"我不会向你屈服，宁死不屈！就是死，我也要死在塞尔维亚！"

*

尽管，死在塞尔维亚是无比糟糕的选择！

*

上面这些流水账究竟写了什么？她疯了吗？该死的，她到底怎么了？她讲述的是自己的旅行见闻。这位可怜女士的巴黎之行可谓无聊至极。在名牌货前手足无措——上帝，她真是傻极了！我们每天被无聊的工作牵着鼻子走，挤闷罐头似的公共汽车去接孩子放学，马不停蹄地冲进市场买菜、遛狗、做饭、打扫卫生，一天的时间完全不够用。她却一边喝香槟一边抱怨生活。真该死！她该尝尝现实人生的滋味……她该和我待上一整天，看看现实的本来面目，她一定会放弃先前的论调。衣着光鲜的年轻女老板只知道逼职员赶工赶工，嚷嚷着还有多少工作没能完成、时间已经不多——只知道哭穷，吝啬的女魔头。

这个疯女人写着写着便开始自我欣赏。她真觉得我们有时间读这些废话？我们哪里会有闲工夫！太多杂事包围着我们……

她倒好，为了一双靴子烦恼。该死，她为什么不去卖中国商品的跳蚤市场？她在那里能找到成吨的靴子。我试过全部靴子，倒地而亡！但我总算找到了一双，最便宜的那双！她抱怨的不过是这些。要知道打开我的鞋柜，甚至找不到一双像样的东西。我翻箱倒柜，却发现里面塞满了旧货，无论当时我花多少钱将它买回来，最后都会找不到。我甚至找不到一双新鞋去参加婚礼和礼拜。

我开始扔东西。我没有地方堆放这些东西。我把一些自认为过得去的旧外套送给吉卜赛人，他们却不领情。根本不想要!他们告诉我,他们最后还是把外套给扔了。上帝,救救我!让我不用看那些人的脸色——那些无赖,垃圾。

过往的生活似乎更平和,更慢,更有秩序,更加守旧。人们有一说一。不像现在,充斥着谗言和陷阱。世界乱套了。如果我置身她所描述的巴黎,我大概也会持不同的论调。但我会选择服用两倍剂量的镇静剂,而不是像无头苍蝇般来回奔走。

想到这操蛋的生活,偶尔,我也想撸起袖子大干一场。可我一早醒来,却发现冬季特有的浊雾已然降临,仿佛永远不会散去,冰雪恨不得割断我的脖子;又或者是酷热的夏日,倾盆大雨从天而降——豆大的雨滴!为了赶上公共汽车,我赶着投胎似的疯跑起来。到处都是人,街道因为施工被封锁了,但上面有骑自行车的人,跑马拉松的人,为总统竞选奔走呼告的游行者……我在拥挤的车厢里,忍受着其他人的体味,真见鬼,他们是买不起香皂才不洗澡的吧。我透过脏兮兮的车窗打量窗外,发现所有人都被困在了路上。此外根本没有任何风景——垂头丧气的野草、脏兮兮的树木、缺口的垃圾箱。整个就是垃圾场!触目皆是如此……

疯女人应该告诉我如何活到明天,而非对靴子、天使、同性恋之类的话题喋喋不休,更不该发表关于未来人类的奇谈怪论!

她应该为自己念叨的一切感到无比惭愧。她还有她的丈夫别再继续烦我们了。我受够了!

她也有过正确的决定,这也是她唯一正确的决定:批判塞尔维亚。

这才是她该做的!

第二部

这是我们在巴黎的第三天，无趣的一天。醒来的时候，我觉得自己就像一只可怜的蠕虫。

"你昨晚睡得怎么样？"M一边揉着惺忪的睡眼，一边问道。

"还行吧……"我喃喃地说。

他兴高采烈地起床，径直走进浴室，开始洗漱，试图洗掉隔夜的污垢。

"洗掉隔夜的污垢"，胡说八道！"女人，你能不能……"我对自己说，"不要像卫生专家一样看问题。"我精疲力竭，甚至还有一丝不安。我没有真的生病，但我要恢复清明。疲倦已经开始影响我的健康，我该怎么办？我快被折磨死了。谢天谢地，爱国之心拯救了我。确切地说，我被塞尔维亚独有的反抗精神拯救了。

"我不想下楼吃早饭，我走不动。我打算躺在床上。如果可以，我打算躺一整天……让他们给我送一杯咖啡来，不要那种稀释过的牛奶咖啡，要三倍的浓缩咖啡，我需要一杯……"我正想说，"药，"但临时改口，"解毒剂。"

"哦，真的吗？！情况这么糟！你平时只喝一般的浓缩咖啡。"

他关切地望着我，非常、非常小心地走向我，随后非常、非常用力地将我拥入怀中。就让我们合二为一，直到世界的尽头吧。我恢复了平静。爱，才是最好的药！爱人的身体是最舒适的港湾！我合上双眼。"请闭上眼，在你的脑袋里想象，太阳是一把金色的梭，月亮是一把灰色的梭，太阳和月亮融合在一起……吸气……"我深吸一口气，感觉气流直达心底。爱如空气，看不见，却熠熠闪光；没有重量，却始终存在。"现在，我们很舒服，很温柔，很放松……"

"我感觉好多了，但我还是想继续待在床上。"

"好吧。我一个人下楼吃饭了。我会给你叫咖啡，希望他们能及时送上来……"

"请你给我带一只牛角面包。"

他满足地笑着，转身离开。

客房服务很快就到了，当然要额外付钱。房间里弥漫着咖啡的香气。我突然想起突尼斯皇家阿苏尔酒店的大理石正厅，每年，我们都会在那儿度假。和欧洲的酒店不一样，那处华丽的大厅在清晨时分竟然没有一丝咖啡香，取而代之的是阿拉伯薄荷茶的香气,甜美、冷清。香气暗藏着不同文化的秘密。欧洲的清晨弥漫着肾上腺素过剩的都市特有的咖啡味,这味道暗示着时光匆匆、生命短暂,渗透了些许紧张的情绪,催促着人们用行动开启一天的生活。阿拉伯的清晨,那茶香,弥漫着温和、慵懒、轻盈、安宁,这香味传递出骨子里对忙碌生活的拒斥。

我抿了一口浓缩咖啡①,回忆起此行在巴黎的所思所得,回忆起那糟糕的夜晚之前的事。

巴黎教会了我许多。首先,也是最重要的一点,它教会我该如何在大城市旅行,包括现实生活中具体的旅行和抽象意义的旅行,即透过都市的编码破解古代的字符。巴黎给我打开了通向另一个世界的大门。在巴黎,我意识到在巴尔干东方式的忧郁和基督教的忏悔精神之外,还有所谓的 joie de vivre②。巴黎教会我美食是一种艺术,而艺术可以是任何东西;教会我一系列实用又不失格调的生活技巧,教我一眼辨出什么是时髦,什么是搞怪;让我见识了安逸奢侈甚至堪称堕落的生活,见识了超凡卓绝的艺术才华,甚至懂得了什么才是永恒。你不能错过这座城。它是世界上少有的真正的都市,也是世界上最重要的城市

---

① 浓缩咖啡无法使我兴奋,相反,它让我心境平和。
② 同第 68 页注释①。——译者注

之一。

我不知道我能在巴黎收获多少,也不知道在这次近乎逃亡的旅程中收获的是否抵得上失去的。但在得失之间,我找到了自己。

找到了我的生活之道。

M回来了,带回了一只小小的牛角面包。面包里什么都没有,确切地说,它就是一层酥脆的外壳——地道的法国风味①。我嚼着硬邦邦的外壳,嘴里含着食物说:

"加布里埃尔……一本正经、言简意赅的样子,真像拥有人类外表的斯芬克斯。我问他,过去的经验对未来是否有借鉴意义,我问得很明确,也没有任何吞吞吐吐的地方——"我吞下一小口面包。"但是,他呢,"我咳嗽起来,"他却说,就连细胞也要与细胞联合起来,适应整个时代……正所谓,物物相应,物物生辉,新旧联合,时不我待。天地归一,一生万物……"

"我还以为你俩心有灵犀。"

"当然。我一直在思考这些问题。但困惑接踵而至,毫无头绪。我试着整理思绪,但思绪越来越混乱。"

"你准备躺在床上思考人生吗?"

"我原本是这么打算的,但你充满抚慰的拥抱和这杯

---

① 塞尔维亚牛角面包可比法国牛角面包大。

咖啡让我改变了主意。"

"哦?"他怀疑地看着我。

"我不打算买靴子。你放心!"

他长舒一口气,如释重负,眼神清亮。

"我也不想去卢浮宫!别高兴得太早。我对旧时代没兴趣。我们去巴黎大皇宫吧。我还没去过那儿。据说法国人用了十年时间将它修缮一新。我打算去看看,各大电视台竞相报道它的开幕消息。大皇宫看起来很华丽,我们说不定会遇上当下最热门的展览。"

我感觉自己已经低到尘埃里。我不无悲伤地意识到,我竭力将艺术作为避难所。我怎样才能在创造艺术的同时,从艺术中获得安慰和满足?我以艺术为业。好吧,确切地说,以文字为业。但绘画瞬间就能激荡人心,画面中流淌的能量总能让我欣喜若狂。聪明的画家会将自己隐藏在画作背后,这对他们来说是件轻松的事,也是顺应时代的选择。聪明的作家也懂得这道理,但对于作家而言,将自我隐藏在文字背后是件困难的事!

*

大皇宫在香榭丽舍大街的尽头。这幢用钢筋搭出玻璃顶的鸟巢状建筑建于1900年,位于大广场的中心。

出租车将我们放在正对温斯顿·丘吉尔大道的入口。

老天爷,这里距离正门处的台阶还有一公里。正门的台阶长达五百米。尽管我不断向大皇宫靠近,我最关心的穹顶因为被建筑外壁包裹着,始终不见庐山真面目。

"不得不说,我的心跳越来越快。帝国的荣耀无处不在,特别是它的建筑——看起来很近,实则遥远。靴子和画作变成了同一类东西。"我抱怨着,"在新时代,保持身材无疑是生活必需。整个城市乃至我们的生活都是健身场。靴子也好、画作也好,都是辅助锻炼的工具,在它们的帮助下,我挥汗如雨……"我气喘吁吁地说。

"你曾亲口告诉我,只有营养专家、理疗师、心理医生、美容师才能帮助你走进新时代。"

"是的,我的确这么想,在新时代,它们比博物馆导览册更管用。"

"你觉得这一套在任何城市都行得通?"

"贝尔格莱德也是如此,从一个地方辗转到另一个地方,需要数小时时间,当然,巴黎不一样,这里有地铁……"

"亲爱的,你忘了,我在巴黎工作过,也在贝尔格莱德工作过。我知道两者的差别。"

"你还在诺维萨德工作过,"我补充道,"在你激烈抨击巴黎的大学媒体出版职位前。"

历经艰辛,我们总算来到入口处。工人们正在将装着画作的箱子搬进大皇宫中央大厅的临时库房。太意外了，这里即将举行展览。

"抱歉，on n'entre pas①，您不能进去。我们在布展！"

"什么意思？"我问道，"这里不是在展出18世纪的法国肖像画吗？我在《巴黎视界》上看到的消息。"

"是的。但是在小厅。入口在边门，拐弯就到。"

我们沮丧地望向建筑的另一头。沿着温斯顿·丘吉尔大道走几公里，才到边门。我用眼神向M祈求。

"是你说要参观大皇宫的！我没有任何异议。在贝尔格莱德，你会抱怨用砂石和小石子铺成的泥泞的道路；在巴黎，你则埋怨路程太远。"

我沉默着，想要反驳他。

"巴黎包罗万象。贝尔格莱德的贫民窟却藏污纳垢。"我诡辩道。

我们预备向边门走去。但既然到了正门，无论是否能看到华丽的穹顶，我还是想拍些照片。我掏出手机，咔嚓咔嚓地拍了起来。这是一款"特别过时"的手机，两个月前的款式②！

前往"路口"的路上，我问道："你有没有注意到，

---

① 法语，意为：不能进去。——译者注
② 我没有相机，既没有胶片机，也没有数码相机。我不知道该怎么操作相机，一部手机足够了。

巴黎街道上的狗屎比我们去过的任何一个城市都少？巴黎出台了相关法规，人们必须遵守公共良俗。"

"你又在思考公共话题了？"

"不……我在讨论与公民自身相关的话题。狗屎遍布的肮脏街道往往意味着高度城市化。你已经很久没有逛街、欣赏街边橱窗了吧。过去散步时，你不得不提高警惕，小心翼翼①。如今，养狗的人越来越多，但路面可谓光洁如鉴。规章制度保证了路面的清洁，小狗们仿佛都迁徙到贝尔格莱德狗屎遍布的斯塔辛伊卡巴纳大街去了。别笑。我正在认真考虑是否要给贝尔格莱德的市民组织提建议。如果现在能出台相关法规，想必人人拍手称快。我心意已决！过不了多久，我便能在多乔尔上区惬意地散步，欣赏翻修过的街道了。

"你的思虑过多，这与自杀无异。多虑的个性会影响你……"

我现在满脑子都想着狗屎，这的确与自杀无异。

好在没过多久，我们便到了边门。

"你知道吗，戈伊科告别的时候提到，欧盟规定，明年开始，室内全面禁烟。全面禁烟！和美国一样。多么恐怖！我甚至失去了对抗焦虑的最后王牌——香烟。"

---

① 武克一到巴黎，我便告诫他注意卫生："走路看前面，小心踩到屎……"

"加布里埃尔怎么看?"

"加布里埃尔……他简直是天使。他什么都没说,因为他不抽烟。六年前,也就是2000年前后,他戒烟了。但我担心塞尔维亚人会将这一禁令引入自己的国家。好日子要到头了。我们很快就会成为欧盟的一员!"

M向我投来不置可否的眼神,用政治辞令发表了一番高见:

"我们,塞尔维亚人,在过去的数百年里历经了各式各样的伤害,早练就了顽强的精神和灵活的手腕!"

*

展览差劲极了!浅薄、空洞、无聊、毫无生气、单调乏味。彻头彻尾的灾难!经历了漫长的跋涉,甚至忍受了关于狗屎的争辩,我们才来到边门,但我根本不想多看一眼。唯一欣慰的是,我第一次用上了那张鲜红色的"国际出版联盟卡"。作为出版界人士,我有幸可以免费观看展览。在无数博物馆的售票柜台,工作人员会冲我会心一笑,一边向我鞠躬,一边让我径直通过入口。太棒了!感谢塞尔维亚人民,因为在塞尔维亚开专栏,我被推荐加入了记者联盟,获得这皇室般的优待。

至于M,尽管他已经有七部作品被翻译成法语,是国内外各种作家联盟、协会的成员,但多年来,只有少数几家博物馆愿意减免部分票价。这一次,他甚至不得不买全票才能入场。

胡说八道!好像作家不写作,只有新闻记者才写作似的!不可理喻!但别担心,此时恰恰提醒了我们文学的意义是什么。作家是独行侠,从不抱团。世界上所有的作家都是如此。译者、记者、演说家、编辑、水管工、电工,按劳付酬,作家却不是如此。作家的兴趣不在挣钱。他们创作,是为了不朽……

我坐在博物馆大厅的长凳上,开始整理我的皮埃尔·曼图牌蕾丝丝袜,我的双腿已经麻木。但就在此时,我的注意力却被一位日本女人吸引住了。实际上,这不是我第一次注意她。她也是一位参观者。我在展厅里见过她,她和伙伴在一起。我们都不愿在那令人遗憾的展品前停留。她显然是一位来自日本的中年女子,看起来十分精明。因为非典型的东方气质,我忍不住打量她,注意她。我对她的兴趣甚于乏味、毫无生气的画像。她自带光芒,我不知道该如何形容。总之,她在发光。我甚至怀疑她是我血脉相通的远东姊妹。

就在我整理另一只丝袜时,她告别了同伴,向我走来。她异常温柔地轻抚我的肩膀,氤着泪水的眼睛里散发着异乎寻常的温爱,她用鸟儿般纤弱的音调说着英文:

"你真美啊,我永远不会忘记你在巴黎大皇宫整理蕾丝长筒袜的样子。你会永远活在我的记忆里,永远鲜活……再会。"

我看着她,渐渐泪如雨下。

现在,我写下她那段饱含爱意的表白,我知道,我也会永远记住她,永远……

*

我们来到大皇宫外的公园。我突然意识到眼前如画的风景才是最美丽的博物馆。

"谢天谢地,我们从那座大鸟笼里逃了出来。"我说着,眼睛还含着泪水,"我没有想到在美术馆里会有这样的奇遇!鲜活的言语、爱和抚摸……我们几乎忘了,这些才是生而为人的快乐。当然,还有自然之乐,花草、新鲜的空气,这是一座真正的生态教堂。"

这里的树木高达数十米,看起来就像教堂塔楼,树冠几乎直刺天际。

"我喜欢这里,感觉瞬间回到了宇宙原初,回到亚当和夏娃的香榭丽舍,甚至回归自然,通过一个花园。难怪这条街名为香榭丽舍,香榭丽舍来自希腊词 Elysium,意思是乐园。巴黎的一切都显得井井有条。我们在意外和混乱中不断错过也不断收获,这便是巴黎,这便是都市的迷宫。当然,不全是……"我陷入了沉思,"我不知该如何形容。总之,一言难尽。"

"你该写一本关于巴黎之行的书。"

"别傻了。谁会读这种夹杂着诸多人生感叹的游记?!没有谋杀,没有奸情,没有罗曼史,没有情节,没有八卦,只有光怪陆离的奇想。会有人买这种书吗?"

"可其中有你的人生——现实一种,包含你的信仰。"

"谁会在乎信仰!谁还会读文学化的文学作品,谁还会看像电影的电影!真正的作品是为了荣誉,而不是为人所用。为人所用意味着,我阅读过,我忘记了。人生苦短,无暇思考。思考是浪费时间。思考是无用的。做一只无用的小猪,才不会被指摘。"

"你有些想当然了……"

"我想当然?!没有的事!恰恰相反,我务实极了。我们要成为具有达·芬奇式文艺复兴精神的最后的莫西干人,成为百科全书式的人物——这些口号已经过时了!uomo universale① 的时代已经过去,达·芬奇已然去世。uomo speciale② 不朽!正如加布里埃尔所说的'新旧联合,

---

① 意大利语,意为:博学家或通才。——译者注
② 意大利语,意为:专才。——译者注

时不我待',现在人人都想成为专才,唯独你推崇通才。"

我们低头赶路,不再交流。我们穿过丘吉尔大道,来到小皇宫附近的一处精致花园。在过去几百年甚至更久的时光里,大皇宫和小皇宫对峙着。我牵起 M 的手。我们一面迈着缓缓的步子,一面抚摸着彼此。某个瞬间,所有的距离、压力、恐惧和困难似乎都消失了。我感觉即使置身宇宙,被浓稠的黑暗包围着,也不再是孤独一人。至少那一刻,我是这么认为。

我们来到协和广场的方尖碑附近。塔尖在晚秋的阳光下闪烁着金光。太阳那异乎寻常的能量被塔尖反射回天空。一想到我们置身能量的吸收与转换的温室之中,我不禁浑身战栗。在拉美西斯一世的金字塔前,我也有类似的感觉。

我想立刻找一处长椅坐下休息,闲适的散步即将结束。再往前,就是协和广场中心那巨大的十字路口,一处无法回避的深渊。我多么希望行程继续延宕。公园长椅如同避风的小岛。我不知道该如何放松自己,就连文艺复兴时期的通才也没有教过我如何释放压力。

"新世纪,我们只有两个季节——穿皮草的季节和穿吊带衫的季节。"我脱掉外套,坐在公园长椅上,沐浴着十一月的阳光,"我不喜欢寒冷,我怕冷。可寒冷刚过去,便迎来酷暑。等到暑气消散,我才能稍稍缓过气。我们没有其他办法。夏天降临,意味着每一天都是三伏天!气候能改变吗?或许一场洪水可以让一切重来?"

"还有特大闪电?"

"是的。诡异的倾盆大雨、风暴和连绵阴雨……天空仿佛一处不断清洗的战场,人间便是污秽的下水道。塞尔维亚人总是幻想着小小的国土之上有一处天宫,将目睹的气候奇观视作天宫在自我修复。那些不是世界末日,是自然的一部分。"

"气候将逐步发生变化?"

"可能。地球、太阳系乃至整个宇宙,都有一套自我修复的机制。我们人类也不例外。"

这一次,我没有打断他对宇宙的想象。我目不转睛地看着他。正所谓"物物相应,物物生辉"。

"这还是你告诉我的。"他继续说,"雨水可以净化空气,清除雾霾。雨水将环境里的矛盾一笔勾销,进而实现完美的平衡。"

"我相信水足以创造奇迹!水,是奇迹之源,没有什么能与水相提并论。我最大的愿望是拥有一方活水,拥有多瑙河中的一方活水。这才是至高无上的珍宝。"我继续说,"尽管从法律的角度,这愿望永远无法实现。只有国家和上帝能拥有这笔财富。况且我无法成为国家或上帝的妻子,合法共有这笔财产。遗憾!"

"你从不收敛自己的占有欲!你已经有丈夫了,亲爱的。"

我接过他的话头,以彼之道,还彼之身:

"尽管污染让气候发生剧烈变化,自然却越变越绿了。看那些树。热带品种!原产地不是欧洲。和贝尔格莱德花坛里的黄杨一样。它们郁郁葱葱,仿佛现在是夏天。它现在看起来和灌木无异,但很快就要发育成熟,成为参天大树。再看它的颜色,外来植物特有的绿。要知道,贝尔格莱德的夏天并不炎热,巴黎也是。"

"物物相应,物物生辉,不正是加布里埃尔告诉你的道理?"

"你真是我肚子里的蛔虫……"

"并不一直是,只是偶尔……"

"好吧,现在请听我说。人类身体的四分之三是水,对吗?答案显然是肯定的。"我自问自答,"地球的四分之三也是海洋,对吗?答案显然是肯定的。但都是咸水,对吗?答案仍然是肯定的。问题的关键来了!海水是不能喝的,为什么呢?因为人类的主要构成与海水近似,例如汗水、泪水甚至血液等,都含有盐分等物质。喝海水,近乎噬食同类。"

这段演绎让我颇为得意。

"很妙,对吗?"我想此刻应有掌声。

"你知道现在几点了吗?两点多了。午餐时间已经过去了,我们没吃的了。"

饿着肚子赶路吧。巴黎之行似乎注定如此。我们径直穿过协和广场。哎!我感到从未有过的疲倦。

我看着广场中央的方尖碑。方尖碑的尖顶正反射出一圈一圈的金光。我的心越跳越快,似乎要从嗓子里蹦出来。

*

那是2000年5月,我们住在十字架之女街。武克穿着一件印有巴黎地铁线路图的短袖上衣。这是他在巴黎时,唯一要求我替他买下的东西。他一直穿着这件衣裳,睡觉也不脱。他希望将这座城市的地下地图深深地记在胸前。我们游览巴黎时,时常将武克视作我们的活地图。因为他,我们无须随身携带纸质地图,无须寻找标注方位、交叉点和地铁换乘站的指示牌。武克还会配上一顶我为他准备的、画家们喜欢的法国贝雷帽。

"我们去协和广场坐千禧摩天轮吧。"我说,"走运的话,我们还可以欣赏埃菲尔铁塔的夜间亮灯仪式。"

十点后,夜幕下的埃菲尔铁塔每隔一个小时就会像一束巨大的烟火般亮起闪烁的灯光,每次大约十五分钟。多么奇幻，它如同在新年前夜降临的宇宙飞船。无数的小灯泡就像从塔顶落下的星尘，迸发出稍纵即逝的光芒。2000年的跨年夜，埃菲尔铁塔上演了第一场点灯仪式。午夜钟声响起时，铁塔被点亮，象征着人类从第二个千年迈进第三个千年。伴随着轰鸣和烟雾，闪烁的灯光一层一层地亮起，直到塔尖也像灯塔般射出巨大的光束，那道光不断旋转着、闪烁着，足以照亮巴黎的远郊。随后，铁塔上的灯饰一齐闪烁。时至今日，游客们游览夜晚的巴黎，仍能在整点时分欣赏这闪亮的灯火。巴黎，是一座灯火之城。埃菲尔铁塔，就是巴黎的灯塔。

为了新年前夜的圣典，法国人甚至封锁了包括香榭丽舍大街在内的主干道，建造了许多千禧摩天轮，这些巨大的摩天轮点缀着街道。在杜乐丽花园的尽头处伫立着第一个也是最大的摩天轮。摩天轮正对着协和广场，和方尖碑在同一条中轴线上。

2000年5月的一天，我、武克、M决定去坐摩天轮。

"我们得抓紧时间，赶紧，地铁一号线会在深夜十二点五十五分收班。"武克认真地摇了摇头，"我们得快去快回，走啊，走快点。"摩天轮对他有着莫大的吸引力。

武克虽然还是个孩子，但对所有公共汽车、飞机和地铁的首末班时间，甚至对电台频率、电视波段、世界各大首都的气温都了如指掌。他沉迷于数据，但并不擅长算术题——真正的 homo specialis①。

他急匆匆地走出家门,却突然停下脚步,看着我,眼角透着一丝怀疑。"你能让我们停在摩天轮的最高点吗?"他乞求着,眼神里充满渴望,当然还掺杂着一丝恐惧,"就像你和魔法师弗拉韦尔……"

"是弗拉梅尔,不是弗拉韦尔!"我身体里的 homo universalis②嚷道,"我尽力。"我说完,一边微笑,一边抚摸他的金发——我金色的小宝贝。

进入摩天轮舱的感觉和登机很像。乘客必须通过闸口,接受检查,被告知注意事项,熟悉安全警告。摩天轮舱很宽敞,足以放下六个带安全带的座椅,每个座椅上都有扶手、加强型舱门和特制的窗户。欣慰的是,那天傍晚,没有太多游客,我们仨和一位印度男子走进了同一间客舱。印度男子穿着典型的欧洲款式的成套西装,却裹着一条穆斯林头巾,头巾上甚至有一条串着廉价蓝色石头和塑料荧光珠的小绳。

我们不断上升。当然,从我们的角度看,是巴黎在缓慢下沉。整个城市渐渐变成了玩具模型,我们甚至感觉伸出手便可以触到卢浮宫、卢浮宫前的玻璃金字塔、

---

① 拉丁语,意为:怪才、专才。
② 拉丁语,意为:通才。

杜乐丽花园、香榭丽舍大街、凯旋门、新凯旋门。这些景点分布在巴黎的不同街区，摩天轮正好位于这些景点的中心。如果你拿出尺子比画，会发现景点清单可以无限延长。

意外的事发生了，客舱到了最高点，竟然真的停了下来。我们悬浮在半空中，随风摇晃着。武克被唬住了。他感激地看着我。印度人显然被吓到了。他进入客舱后一直没说话，此刻终于忍不住用印度口音的英语问："怎么了？上帝，我们卡住了……噢，别这样……我们该怎么办？"

武克看了眼手表。离午夜十一点还有一分钟。埃菲尔铁塔的灯光仪式即将开始。一闪一闪的灯光颤抖着，俨然一条垂直的光线震动带。从高处看，格外美好，那光线正好照亮了我们。

印度人被彻底吓坏了，仿佛他被关进了位于高空的玻璃监狱。

"世界末日，上帝，我还不想死……我不想死在巴黎。"他闭上眼睛，开始祈祷，大口大口地吸气。

我们不断解释，这不是世界末日，类似的事时常发生。十一点到了。他睁开一只眼睛，惊讶地看着我们。随后，他又睁开了另一只眼睛，小心翼翼地欣赏风景。客舱一动不动地悬挂在寂静的高空中。越来越大的夜风叩响客舱。我们不约而同地望向埃菲尔铁塔。突然，我站起身。透过客舱的另一面窗，我发现就在我的右前方，沿着我的目光和手指方向，耸立着协和广场的方尖碑，方尖碑的顶端是金色的金字塔。千禧摩天轮的最高处是唯一一处与方尖碑的尖顶高度大致相当的观测点。方尖碑如此宏伟，站在它脚下，你甚至都看不到它的尖顶。

这座黄金金字塔如此迷人，仿佛有着催眠般的魔力。我甚至无法将目光从它身上挪开。突然，一阵寒意袭来，我打了个冷战，方尖碑顶部的金色金字塔释放出比埃菲尔铁塔上闪烁的灯光还要强烈数百倍的能量。

客舱嘶鸣着，重新运行起来，开始往下降。丈夫始终和我望着不同方向，望着埃菲尔铁塔[①]。我则背对着他，目光被方尖碑顶的金色金字塔吸引。我不断下沉，金字塔却越升越高。我的心跳被扰乱了，某个瞬间，我感受到不朽。

我们回到了地面，走出客舱。丈夫很兴奋，我却忧心忡忡。武克提醒我们最后一班地铁发车的时间就要到了，我们的时间不多了。

"快点，我们要迟到了。"他拖着我的手，"你刚才太

[①] 埃菲尔铁塔建于 20 世纪初，是当时世界上唯一一处高度超过金字塔的人造景观。金字塔运用的是四千多年前的建筑工艺。

厉害了。现在，我们走吧！"

"我什么都没做。恰恰相反，是我被施了法。我要去那儿，你们俩别管我。我要去街对面，一定要去。我要去看看方尖碑……"我放开他的手。

下雨了。

"下雨了。"武克的声音越来越紧张，"你千万别去。别再去……"

"巴黎总在下雨，每五分钟就会有一场雨。我们走，去看方尖碑。"

巨大的方形广场的正中心是一处正圆形的小岛，古埃及的方尖碑就耸立在小岛中央，耸立在中心的中心。它属于埃及法老拉美西斯。深色的花岗岩上刻着圣书文。整个方尖碑自下而上越来越窄，直刺天空。顶端是一座黄金金字塔，金字塔的尖端是一个点。这个点并不意味着完结，它更像是一枚逗号，召唤着未知。

"我要靠近它，这是我唯一的机会。"我想，"只有在深夜，在下雨的时候，在不是车来车往的时候，我才能靠近它。白天，来往的车流会拦住我。"

我冲到街对面，雨越下越大，丈夫和儿子被我远远甩在身后，他们还在街的另一边躲雨，那地方相对安全。我试着要离立柱更近一点，最好能摸到方尖碑。无论如何，我一定要亲手抚摸它。我绕了一整圈。厚重的锁链还有花坛让我想起了墓园,我始终触不到深色花岗岩。它被牢牢地困在中间。只能远观,无法亲近。

它被困住恰恰因为它过于危险。它可以取人性命。我知道。我甚至能感觉到,我正在玩火。我心底的冒险精神被彻底激活了。在黑暗中,在死寂的夜里,被彻底激活。

"你就是那座方尖碑,你就是那座塔,那座尖塔,那座信号塔。"一个低沉的声音在我耳边说。

"我就是那座方尖碑,我就是那座塔,那座尖塔,那座信号塔。"我回应道。

突然,我的耳朵里响起一阵刺耳的信号声。那声音如此尖锐,我感觉脑袋几乎要爆炸。我想起在埃及左塞尔法老的金字塔前的遭遇。信号的来源是同一个,和电影《2001太空漫游》中的类似!你听过那声音吗?

*

千禧摩天轮已经消失。它早已被拆毁。现在是2006年的11月,骄阳如火。

协和广场附近车水马龙。我们打算过街。我们这是要去哪儿?

我的脑海突然浮现高中拉丁语课的片段。协和

（concorde）在拉丁语中是什么意思？"Ubi concordia, ibi victoria.①"——适者为王！多么阳刚的句子，典型的男性思维，值得我反复琢磨。在数字时代，有些古谚已经失效，有些古谚仍旧闪烁智慧之光。关键在于，我们如何将它转化为新时代的智慧，如何转化为女性的智慧。适者为王……不，不，适应是为了获得和谐，这更接近我对古谚的理解，"就连细胞也要与细胞联合起来，适应整个时代……正所谓，物物相应……"

"我该如何改变？该如何度过我的余生？能否将阅历转化为优势？身体能否适应新时代的节奏？灵魂呢？无形的灵魂如何改造？"我将心中的疑惑对丈夫和盘托出。

"你到底怎么了？你在说什么？你一到协和广场就像丢了魂！我们再也不来巴黎，再也不去埃及了。"

"我们走吧。我们没法回避中心的方尖碑。走嘛，我们立刻过街，往东走，去安全的地方。在大城市的十字路口，我可以根据标牌和指示，选择最短最方便的路线，不浪费体力。你还保持着塞尔维亚的习惯，乱穿马路。要知道，在都市里，可别这么做。"

"接下来去哪？"

"哪也不去。我们迷路了。我们没有安排。确切地说，

---

① 拉丁语，意为：适者为王。——译者注

我本来计划去商店买靴子,这样就不用去博物馆,不必和旧时代狭路相逢,但我的计划已经被打乱了。我决定适应当下,学习不知历史为何物的年轻一代,他们的骨子里没有旧时代的沉渣。在他们眼里,Knjaz Miloš 是矿泉水,Karenjin 是时尚品牌,戴高乐是机场的名字,芬奇是连锁酒店……他们对历史漠不关心。"

我狐疑地打量着方尖碑。

"协和在他们眼中,也只是广场的名字,没有特别的意思。幸运的年轻人!我却缅怀着戴高乐,为戴高乐机场最新的液体管制制度愤愤不平。真荒诞!我觉得,时代大转折中的年轻人仿佛行尸走肉,更荒诞的是,在他们眼中,我才是行将就木的家伙!某个女人甚至说我是一个彻头彻尾的傻瓜。"

"哪个女人?"

"唔,你不认识她……别管她。"

"好吧,那你为什么坚持要买靴子?今年冬天甚至都不会下雪。"他说着,脱掉了外套,当天的气温有22摄氏度(71.6华氏度)。

"因为大洪水!"

"什么大洪水?"他狐疑地看了眼方尖碑,又狐疑地看了看我。

"我解释不清……这并不重要,不过是书中的内容,是我的梦……"

"什么书?"

"书里提到,生物的寿命延长了。"

"是谁写的?"

"不是谁写的,只是脚注而已①。"

"我跟你讲,"他看着我,面色苍白如纸,像患了重病的人,"你现在真的不妙。我们这就离开广场,离开这座

---

① 我一直觉得书本的精华在于脚注。我很喜欢脚注。思想和行动总是难以一致,确切地说,是无法一致。诗人说:"思想如此迷人,可我写下的只是文字。"我们应该将注释视作一种极微小的文学体裁。注释也好,逗号也好,着重号也好,生活中无处不在。为了解答人类生命将会延长还是缩短的困惑,我试图以电脑、飞机、香烟和我敏感的神经为例,阐述我的观点。简单说来,包括以下四点:

(1) 电脑:如果将生物细胞比作电脑芯片,理论上,运行速度的加快,意味着无限接近永恒。时间被延长,不断延长……从 386 更新到 486,从 486 更新到奔腾系列,技术不断进步,人类器官相应地也会发生变化。

(2) 飞机:如果飞机以超过光速(原作说是音速,不符合常识)的速度在空间里飞行,飞机就会变成足以让时间倒流的时间机器。换言之,机舱内的人类的寿命就被延长了。尽管背后的原理异常复杂,且被视作老生常谈,但显然,当人类以超过光速的速度穿越时空,人的寿命也将延长。

(3) 香烟:抽烟会加速心跳。抽烟也会在身体里留下有毒物质。为了减少体内的污染,我会在空气清新的地方深呼吸。呼吸速度加快,意味着身体里有更多氧气。

(4) 我敏感的神经:极端兴奋 + 新陈代谢加快 + 更多待清理的废物 = 寿命延长。简单地说,更快的新陈代谢意味着延缓细胞衰老。

让你疯狂的城市,随便去哪里都可以。"

"啊哈,你终于也这么想了!我之前说过,帝国的荣耀无处不在。沿着面前这条一眼望不到头的路往前走,就是杜乐丽花园,再往前走是金字塔,再往前走是卢浮宫正门。我们身后是香榭丽舍大街,同样一眼望不到头。你也知道,凯旋门不是它的终点,仅仅是这条无限延伸的直线上的逗点,这条线上还有另一个新的逗点,即新凯旋门。我们最好不要选择面前的路,我一定会在半路抓狂,等等……我想到了一个好地方,附近的佛之吧。"说出"附近"时,我忍不住笑了,"实际上,它离这儿有几公里,这会儿也不营业。"M沮丧地点了点头,我继续说:"不如去马尔里咖啡馆。"

"马尔里咖啡馆?你知道你在说什么吗?它在卢浮宫东侧,距离这里有几公里,就在我们酒店旁边。我们坐出租车吧。"

"不。我想散步,穿过杜乐丽花园。如果你选择以这种速度到达终点,你的生命也会延长。"

"——?"

"我现在来不及解释,你还没有读过那本书的注释。"

"——?"

"我们可以瞬间移动。你知道的——砰——就像让画面快进,就像拿起一本长篇小说,任意翻开新的章节。不受时间和地点的限制。我们,至少在理论上,可以做到。我没有开玩笑。"

*

马尔里咖啡馆的内饰可谓乏善可陈,没有特色,没有亮点。不过,这里恐怕是整个巴黎最适合约会的地方,是游客和崇尚精神的贵族们的首选。人们在这里可以本色示人。这家咖啡馆就坐落在卢浮宫内,不献媚、不扎眼,堪称整个巴黎最本色的建筑。

马尔里咖啡馆浓缩了巴黎的精华。走进这家咖啡厅兼餐馆,顾客们无不发出类似的感叹。他们能在这里体味到巴黎的精髓,巴黎的本色。这里是一处包罗万象的完美舞台,上演着冷漠、怪异、颓废、疯狂、快乐、虚荣、贪婪、激情和爱情。每一种情绪都是真实的。

在马尔里,时间是静止的。确切地说,时间消失了。取而代之的是卢浮宫内的艺术品和人类智慧精髓的无限光辉。在这里,今时与往日并无差别。

我们每年都要去马尔里咖啡馆,年年如此。尽管周遭世界风云变幻,它仍旧保持着原来的模样。

我们走累了,坐了下来。终于可以好好呼吸了。在马尔里,我们不必掩饰自己。马尔里欢迎所有不假伪饰的人。这是巴黎唯一一处能够尽情享受奢侈的自由的地方。

我们点了水,从水龙头里流出,de robinet①。尽管马尔里的自来水价格高得离谱,但我还是点了。这笔钱是值得的。我们确实渴了,实际上,我不仅渴,还饿,我没来得及吃早饭。

"我要点腌三文鱼片。"我说。

"我想要寿司。"

"嘿!这是巴黎,寿司不是好选择。不过,为了纪念在大皇宫里遇见的日本女人,或许我也该点寿司。日本人无疑更青睐容易消化的轻食——他们的国家很小,以至于世界上大部分的游客都是日本人。有些日本人甚至远赴他国,余下的国民才在灌木丛生的岛上获得立锥之地。相反,中国的食物却很油腻,与中国地域辽阔不无关系②。"

"你有没有发现如今卢浮宫前排队的人似乎比过去要少了些?"

"都涌向中国。贸易、制造业,甚至游客,都涌向了中国。据说,排队参观长城的人群看起来和长城一样壮观!我没有开玩笑,据说在月球上都能看见长城。我猜,参观长城的游客有不少是中国人的邻居——日本人!"

---

① 法语,意为:从水龙头里流出。——译者注
② 不过,中餐到了美国,和美国本土的快餐相比,更容易消化。

"还有俄罗斯人。"

"俄罗斯人,没错。我很好奇,如果绝大多数游客都是中国人,会是怎样的情景?"

这时,服务员——确切地说,是穿着全套晚礼服的马尔里侍者——将我们的午餐端了上来。

我用筷子夹起寿司。我突然意识到马尔里和其他休闲场所的不同之处。这里静极了。安静,体现了素养。伴着精致的背景音乐,人们的低声耳语隐约可辨①。人们手边只有餐具,没有手机一类的日常用品。甚至那位一边阅读《纽约时报》上的股票市场资讯,一边浏览时尚杂志的身着华贵礼服的女士,都没有掏出手机。

嘈杂的世界里鲜有未被移动手机和笔记本电脑占领的净土。人与人必须面对面沟通的时代已经过去,但这里没有铃声,没有哔哔的噪音,手机被调至震动模式,每个人都有一方安静的个人空间。客人们甚至会克制自己紧张的情绪,留意双腿的动作,以免制造噪音。多么彬彬有礼啊。

"你知道中国人如何减肥吗?" M打断了我关于噪音和宁静的思考。

"哦?"

---

① 背景音乐是洛·史都华(Rod Stewart)演绎的爵士经典,洛·史都华是一位擅长演绎现代风格爵士歌曲和高音的男歌手。

"用一根筷子吃饭!"

"哈哈,这个笑话讽刺的是所谓的极简主义。据说,现在流行所谓的微型录音室。当代技术已经简化到令人惊骇的地步。"

"在不同的文明中,大与小的概念可谓千差万别。比如,我们以土豆为主食,但远东地区的人们用米饭代替土豆。稻米就是他们的面包和土豆。当然,欧洲基督教文明也会模仿其他文明,例子不胜枚举。"

"你怎么不提中国人出售的多是仿货?!"

"可购买仿货的是我们!"

"唔……好吧。我们从中国商人处购买大宗商品,从日本商人处购买的多是微芯片一类的小东西——都是仿货。太荒谬了。这些东方国家推崇的,恰恰是所谓的极简。"

突然,我尴尬地意识到我是餐厅里把桌面敲出声响的人,我不自觉地敲出了内心的节奏(有些人会礼貌地在桌面下用脚尖轻点地板)。我的声音果真是以闪电般的速度穿越了杜乐丽花园!除了我,马尔里咖啡馆里唯一急躁的家伙,只有宠物狗了!

那只毛发杂乱、神经过敏的宠物狗的主人就坐在吧台边,是一个头发蓬乱的男子。小狗叫个不停,从我们进来一直到现在,至于它的主人,则始终将手肘撑在吧台上。男子的衣饰无可挑剔,他身穿胳膊处用昂贵的缝线拼接的轻便外套，嘴里叼着一根边缘镶着一圈细钻的女式烟嘴，他抽的是一种小雪茄。他的姿势颇为微妙，一方面非常泰然，似乎十分享受在这里的时光，另一方面却又让人觉得他随时准备以亡命的速度逃离此地，上一秒静止，下一秒便全力冲刺。奇怪！他一定是将内心的焦灼传染给了宠物狗。我猜想，他是巴黎的释迦牟尼。他可能是那种会为男女抑或男男关系疯狂的多情种子。可在我们用餐期间，什么都没有发生，身着盛装的他始终在和酒保聊天，他们似乎有聊不完的话题。我感觉自己的神经有点迟钝，于是，我开始晃动双腿、手指轻敲桌面。有着诱人美腿的女孩不断从他身边经过，她们的身体几乎碰到他昂贵的外套，双腿跨过他的小狗，可他只是看了眼她们的高跟鞋、丝袜和侧脸，没有任何其他的表示。

我决定去化妆间，顺便听取只言片语。我很好奇，他们究竟在聊什么。

我果真捕捉到两人对话的片段。

他们竟然在讨论无穷小量和纯粹的可感度之间的区别！

*

就连洗手间也在升级。你必须学着掌握使用公共洗手间的窍门,例如为了让水龙头出水,有的是用把手,有的是用按钮,有的是用踏板,有的是用手势,有的有拉杆,有的甚至安装了触发器,仿佛只要念出神奇的咒语,就会有水流出。至于马尔里的洗手间,恐怕是用意念操作。开个玩笑!不过,在不久的将来,玩笑或许会成真。

我突然想到另一桩往事。牵着乱毛狗坐在马尔里吧台边高谈阔论的卷发男子,让我想起多年前在贝尔格莱德的一桩幸事(或许也是一桩不幸的事)。

当年,佛之吧在全球风靡,我说服妹妹和我一起前往萨瓦中心的某处天台。当时,另类 DJ 热文正好来到贝尔格莱德。他是佛之吧混音系列的作者。我当时刚从巴黎买了两张他的唱片!一张名为《重生》,一张名为《欢喜》。

"太幸运了。"我对妹妹说,"我们马上就能看他的现场表演了。太神奇了。最精妙的思想被他融入音乐,通过音乐传递给你,让你感觉心境澄明、温柔平和。这是声音的魔法。你很快就会明白,简直疯狂。我们可以在音乐里遇见神明,天啊,我等不及了……"

我的妹妹斯维特拉娜擅长瑜伽,确切地说,是瑜伽狂热分子,她练了整整七年瑜伽,当然,她还有一些"秘密"爱好和一份正式的工作。她喜欢研究星座,她还会买诸如《通往幸福的十个步骤》一类的通俗心理读物。她在一家大银行担任专职律师,她欣赏令男人心怀畏惧的新时代女强人。当时,她还是单身,心情好的时候,会和我一起像十八岁时那样在屋子里手舞足蹈——华尔兹、探戈、塞尔维亚圆圈舞、摇滚、布基伍基舞、东方肚皮舞①……我很喜欢她,尽管我们的爱好不同,她更喜欢重金属音乐,而我更欣赏充满哲思的佛之吧。

"我不知道该说什么。"她不置可否地摇了摇头,"你知道我只去那种可以伴着音乐疯狂扭动腰肢的地方。但愿佛之吧能把我吸引住,否则我会无聊透顶。"

"好吧,我向你保证,你一定会被它彻底征服,相信我。我们走!音乐的好坏,不在于让你汗流浃背,而在于其中的真神。"

"第二张CD,你刚才提到的,叫什么来着?哦,对了,叫《欢喜》。或许,我们可以通过它感受到上帝!"她大笑着,套上紧身短上衣。

音乐会在晚上十点,地点是萨瓦中心的天台。可我不知道原来萨瓦中心还有天台!当时是夏天,那是一个迷人的夏夜,我们不禁嗅到一丝危险,我就像坠入爱河的人,被兴奋冲昏了头脑——充满力量,无所畏惧!我们一起去城里!真幸运,我能有一个妹妹。随着年龄的增长,我们之间的差距越来越小,并且在某些时刻,我们可以一起重

---

① 妈妈会在一旁嘀咕:"我生了两个怪丫头!上帝保佑我们!"

返十八岁,比如那一晚。

十点整,我们准时来到天台的入口。票价很高。该死的是,佛之吧音乐的创始人当天并不在贝尔格莱德!

所谓的"天台"看起来十分寒碜。裸露的水泥墙,装满垃圾的花盆,一切看起来乏善可陈。"天台"上大概只有十来人,气氛十分尴尬。至于那些虚张声势的音乐设备,不过是些翻新的破烂货,你一眼就能识破这鬼把戏。

我俩面面相觑。

"热文在哪里?佛之吧在哪里?"我们问入口检票处穿着紧身裤的瘦小男子。

"啊,哈,哈。"他慢吞吞地说。

"老天,我们为什么来这里?"斯维特拉娜抱怨道,"我告诉过你。你怎么不把你的拐杖带来?"

"我没有拐杖。"

"你为什么不在巴黎买一根呢?什么佛之吧,该死的佛之吧!你还不如给自己买一根拐杖。看看周围古怪的场景,就像死气沉沉的墓地。楼顶,什么鬼地方!去它的……《欢喜》。这是塞尔维亚,姐们儿!刚刚从战乱中恢复的塞尔维亚。我们不该花这么一大笔冤枉钱……"她抱怨着。

"别这么说!你在大银行工作,习惯为钱烦恼。你是典型的塞尔维亚人,不懂取悦自己,只知道牢牢捂住钱袋,为小钱斤斤计较。"我不屑地看着她。

我们靠墙站着。实话说,天台上除了裸露的水泥墙,别无他物。音响不断发出嘟嘟的噪音,播放的音乐不过是一盘大杂烩,和佛之吧没有丝毫相似之处。音乐盖过了其他的声音,我们的耳朵里充斥着乌七八糟的东西。

不可能,我想。这不是真的。我一定是在做梦。

十一点前后,现场的人多了起来。包括我们在内,至少有五十人。我们围在圆桶和回收的塑料玻璃临时搭起的吧台边,吧台后面站着一个男人。饮料味道马马虎虎。

"表演什么时候开始?"斯维特拉娜问。

"午夜前肯定开始!"

"那为什么说是晚上十点?我们在这里傻坐了一个小时。什么都……"我的妹妹厉声道。

"酒保"正用看傻瓜的眼神打量我们俩,压根不想告诉我们实情。

我们一边抽烟,一边等。

突然一群十几岁的少年凑到我们身边。

"很不错,对吗?"

"啊哈,酷毙了。"

"嗨翻天!"

"厉害了……认出那个人了吗?太疯狂了!"

"伙计,他们什么时候到这儿的?"

"淡定。要淡定……"

"好吧。"

空气里充斥着类似的对话。

午夜降临,时间一分一秒过去。"天台"渐渐人满为患。人们伴着噪音般的伪劣音乐摇头晃脑,就像慢动作的黑白片里徘徊不定的鬼魅。

"我们也该摇一会儿。"妹妹嘲弄我道,"动作轻点,让身子暖起来。我不能继续背靠着墙壁站着,我的腿都麻了。这死气沉沉的噪音能帮我们找准节拍。"

对话的片段不时飘到我们的耳朵里来。

"噢,小子,可以啊!噪起来!"

"别担心……嘿,振作点!"

"人有旦夕祸福!是有点寒心,但你要放轻松……"

"是啊……你也这么想?好吧,哥们儿……"

"是的,我早就告诉过你,呆子。"

"啊哈,为什么麻烦总是……"

"干得好!"

已经是凌晨两点,没有任何开场的迹象。演出始终没有开始。人们聚在这里,似乎也不是为了等音乐会开场,当然也不在意何时结束。我们若有所悟。

"我们一起离开这个疯人院。我们花了一大笔钱,却什么都没有看到。真扫兴。"斯维特拉娜气势汹汹地说。

她转身,推开门。嘈杂的人群中不知是谁大喊了

一声:

"自讨苦吃啊,塞尔维亚人!"

*

佛之吧不仅仅是一种音乐风格。事实上,它首先是酒吧的名字。佛之吧位于巴黎布瓦西-丹格拉斯街 12 号,靠近协和广场和法国总统府,就在美国大使馆对面。

佛之吧的大门平淡无奇,和巴黎较为高档的公寓楼无异,淡紫色的雨阳棚上挂着招牌,写着"佛之吧,灵感源于亚洲的餐吧"。穿过一排窄窄的展柜,你就会看到出售佛之吧音乐 CD 和酒吧纪念品的货架。随后,你顺着阶梯往下走,就是大厅。

宽敞的大厅就像一处地下音乐寺庙。大厅有两层,供奉着高达七米的佛像。佛像距离天花板还有不小的距离。上面一层是美术馆,有许多半圆形的出口,美术馆的面积和下层的餐馆差不多。四周都是金色的光线,室内设计融合了不同地区、不同文化的元素,绝大多数是印度葡式风格。佛之吧呈现的是多元融合的盛宴,看似迥异的元素被糅合在一起,掀起了神秘主义的浪潮。

空间也好,音乐也好,任何事物都可以组合在一起,构成有机的整体。人声、乐器,再加上高科技的混声设备,可以完成声音的魔法。不同风格的音乐经过处理,可以变成全新的作品。法国香颂变成禅乐,禅乐变成阿拉伯小曲,阿拉伯小曲变成爵士,爵士变成超脱的灵魂乐,灵魂乐变成摇滚,摇滚变成非洲打击乐。——这就是当下的趋势。

佛之吧混声音乐就像将不同作者的短篇故事拼贴在一起的长篇小说。剪辑师只需将每篇短文稍做修改,就创作出全新的完美合集。

佛祖说:"薪火相传,永继不灭。"

以瑜伽姿势盘腿而坐的佛像仿佛一块巨大的魔法石,在黑暗中熠熠生辉。佛像和音乐配合,营造出缥缈的氛围。在这迷离的幻境中,人们的烦恼也随之烟消云散。宏大、嘹亮的音乐,带着水晶般的透明质感,从天而降,楼上楼下的客人们无不沉浸在迷离的光晕中,人们甚至怀疑有水滴不断从屋顶滴落。人们的感官被唤起,外部世界逐渐消隐。

在我看来,只有在卡莱梅格丹公园漫步和瑜伽,才能与佛之吧的音乐相提并论。

每次经过位于贝尔格莱德下城区的卡莱梅格丹公园,我都感觉辛吉杜努姆古城就在我脚下,它的街道、教堂、公共食堂、猎具商店、私人宅邸、喷泉。我仰望着卡莱梅格丹的城墙、塔楼和碉堡,打量着身边的青草和树木,感觉多瑙河——那条历史悠久的长河——就在不远的地方，它的余脉正在地下奔流。我甚至感觉到亘古的风，金戈铁马与我擦身而过，女人们扛着水罐在街头叫嚷，邻居的马在嘶鸣，狗在狂吠。我头顶是一望无际的天空，鸟儿飞过，飘着淡淡的薄雾，远处，贝尔格莱德新城的轮廓隐约可见。卡莱梅格丹公园是世界上最美丽的地方之一。在这里，我总感受到生命的荣幸。

至于瑜伽，不仅关乎脊柱，更关乎精神。脊椎骨将身体对分成左右两部分，但左右两边在精神上并不完全对称。身体的右半边更男性化，左半边更女性化。练瑜伽时，吸气要一口气吸到底，呼气也是如此。吸气是一种治疗，呼气是一种解毒。瑜伽通过呼吸让空气中的电离子发生作用，重塑精神。

在巴黎的佛之吧，我也获得了类似的边缘体验和启示。

我感觉自己挣脱了曾经束缚我、封闭我心灵与肉体的羁绊。过去，只在极少数时候，我可以透过一扇半开的门一窥外面的世界，但在佛之吧，我感觉自己获得了永恒的自由，被永远地解放。

自由让我感觉狂喜，让我像潮水般飞升。

新旧联合，时不我待。天地归一，一生万物。

*

让我们回到马尔里咖啡馆,还记得吗,当时,我起身去化妆间,留下丈夫独自一人。

"你去了很久。"他说。

"我没法一边思考一边行动。"

"接下来,我们去那儿?天已经黑了。"

"我们一整天都在闲逛。我们已经彻底偏离了方向。我什么都没买,甚至在大皇宫纪念品商店里都没挑到心仪的饰品。除了呆板的画像,我们什么都没看到。随后我们又在马尔里虚度了几个钟头。"

"你来决定,我们可以直接回酒店,也可以去……"

"又是选择题。我们可以去哪里?"

"去卢浮宫。"

"卢浮宫?!为什么不是其他博物馆!要知道这是晚上八点。但是,等等……等等,每周有一天卢浮宫会开放到深夜。今天是周三……"说着,我不禁意识到我们已经在巴黎荒废了整整三天,"我记得周三可以夜游卢浮宫。"

"走吧,我们去卡鲁塞尔商廊问问博物馆到底几点关闭。"

"好的！"我一边利落地结账，一边想着，如果运气好，卡鲁塞尔商廊的商铺会开到晚上八点。"但我有个条件！我们只看一幅画，达·芬奇的《费隆妮叶》。我绝不能再犯买靴子时犯的错。太多的选择，意味着一无所获。呼！我上次见到那幅画是在……"

《美丽的费隆妮叶夫人》（又名《米兰花园的女士》）被我们唤作《费隆妮叶》，是达·芬奇的人像作品中相对冷门的一幅。这么说，并不确切。达·芬奇的作品可能冷门吗？绝不可能。《美丽的费隆妮叶夫人》画的是一位身着文艺复兴时期服饰的圆脸女子，女子的发型有些拘谨，没有一丝乱发，额前有一条细窄的发辫（类似项链）。她侧过脸，望向一侧的虚空处。

我第一次见到这幅作品是在 1992 年。当时卢浮宫著名的镶花地板正在翻新，这幅画挂在专门陈列达·芬奇作品的展厅里。这幅画挂的位置较高，我不得不仰头欣赏。当时，我已经累得精疲力竭。我已经在其他展厅欣赏了数不胜数的作品，每一幅画都是传世之作，但坦白说，走马观花过后，我一无所获。数量庞大的作品充斥着卢浮宫，它几乎变成了艺术领域的巨型跳蚤市场。但这幅画带给我绝无仅有的体验。

我决定停下来，仔细欣赏这幅作品。我像天鹅般伸长脖颈，保持着这个姿势，欣赏了至少一个小时。我被它难以名状的美彻底吸引,我像被施了魔法般一动不动,心醉神迷。这并不稀奇。绝大多数人面对达·芬奇的原作,都会有类似的体验。

*

我之前已经提到,卡鲁塞尔商廊①是一处位于地下的时尚购物街,街道的十字路口有一座倒立的玻璃金字塔。它的体积远比卢浮宫前的玻璃金字塔小,但足以将地面的光线汇聚到地下走廊。它就像一处倒立的金字塔形玻璃窗。它的正下方还有一座体积更小的大理石金字塔。两座金字塔的塔尖之间,只有数厘米的距离。

最小的金字塔不仅是广场中心的纪念碑,还指示着三条岔路的方向:一条通往维珍音乐商店,一条通往高档品牌商业街,一条通往卢浮宫的正门。卢浮宫的正门有一处巨大的门厅,门厅内有问讯处、自动扶梯、书店、售票处和安检处,永远排着一眼望不到尽头的检查随身行李的长队。

我站在地下金字塔边等 M 回来,他正走向那可怕的

---

① 英语 carousel 一词来自法语 carrousel,两者意思相当(意为"旋转木马")。

门厅询问是否还能参观。我预感，自己即将被数量庞大的画作淹没。如此游览博物馆无疑是对艺术的羞辱。某个瞬间，我甚至考虑冲进出售香氛浴盐等高档 Spa 用品的瑞索纳斯商店，里面甚至有放在按摩浴缸里的香氛彩屑。最后，我还是下定了决心。踏进门厅的那一刻，我意识到自己已经走进了卢浮宫，立即体会到那个数学概念：无穷。

丹·布朗在《达·芬奇密码》中声称，钟乳石状的玻璃金字塔和大理石金字塔下埋葬着耶稣妻子抹大拉的马利亚，人们无不被这处"纪念碑"吸引。特别是情侣们，他们争相在此合影。

我竟然选择在这里碰头？！在这里碰头和把约会地点定在贝尔格莱德的共和国广场的钟楼下一样愚蠢。我打量着身边的一切，突然发现玻璃金字塔的金属框架的横截面看起来就像无数基督教的十字架。有趣的是，设计卢浮宫玻璃金字塔的是一位华裔男子。真是奇怪！

*

我的书桌上摆着两个相框，相框里展示的并非儿子和丈夫的形象，而是两幅图片：一幅是沙特尔的迷宫地图，形状酷似大脑；一幅是伦勃朗的作品《沉思中的哲学家》的复制品,画面十分昏暗,远远望去,就像一处旋涡①。

我想,我得说说自己的阅读喜好了。一直以来,我都只有数量极为有限的藏书。近年来,我最爱的书包括翁贝托·埃科的《傅科摆》和丹·布朗的《达·芬奇密码》。这两位当代作家都不是法国人,但不约而同地选择了永恒的巴黎作为通往另一个世界的入口。

当然,这不是我喜欢丹·布朗的《达·芬奇密码》的唯一理由,更重要的原因是,它的问世宣告了千禧年的来临。

*

丈夫兴高采烈地找到了我。

"那位非裔老太太就是检票人员。"我们相视一笑,卢浮宫的进门处竟然只查票。"他们不检查危险液体。另外,今晚卢浮宫一直开到晚上十点。我们走!"

夜游卢浮宫!难得一遇的奇妙体验!不虚此行!

"现在是晚上,我们只需步行五分钟就可以到达卢浮

---

① 这幅画收藏在卢浮宫内。画中有一位戴帽子的男子弯着腰,正在火炉边调制药剂。男子后面是被炉火照亮了的旋转扶梯。扶梯不断上升,逐渐消失在黑暗中。

宫。我们不需要借助电影、书或者特别通行证,我们可以大摇大摆地进去。感谢上帝,这些天受的罪,此刻一笔勾销。"

我们经过第一处通道,非裔老太太没有查票,只是用金属探测器蹭了蹭我们的包。我们走进圆形的门厅,门厅的一半是空的。太棒了!普通售票处没有人排队。我自豪地拿出我的国际记者证,负责的青年男子礼貌地点了点头,示意我乘坐扶梯就可以前往卢浮宫的任何一座展馆,甚至包括限流的地下馆。至于M,身为作家,他不得不买一张门票。

卢浮宫有三座展馆——黎塞留馆、叙利馆和德农馆。我们毫不犹豫地直奔德农馆。德农馆的底层展出的是古埃及展品,一层展出的是古希腊、伊特鲁里亚和古罗马的展品,二层全部都是画家的作品。

"我突然意识到自己身处异国,这是我第一次在巴黎有这样的感觉。"我说,"我不清楚为什么会有这种感觉。你呢,在你的故国,你更像是一位外来者。你被翻译成外国语言出版的作品甚至多过你在自己的国家出版的母语作品。我们的图书馆似乎更像是一位作家的图书馆——你的图书馆!"他不置可否地地瞥了我一眼,我继续说道:"好吧,实际上,至少是一个半作家的图书馆,我和你的图书馆。上帝保佑我们!你是那种在国内外都吃香的作家。"

"我更希望自己能在国外吃香。在塞尔维亚，除非你死了，否则就别想成名。等等……"

"你没有想过自己死后的事吗？我将成为知名作家的遗孀。这将是我的宿命，扮演未亡人的角色。女人命定如此，无法回避。我将活在你的阴影下。或许到那时，我只能开一家服装精品店。"

夜灯下的卢浮宫博物馆空空荡荡，神秘极了。这是我第一次打量这座庞然大物亮灯之后的模样。灯光下，卢浮宫的颜色简直和埃及金字塔的颜色一模一样。古埃及人创造了这富有神秘感的黄色，象征着前世的颜色。唯一的区别是卢浮宫的颜色更为柔和。尽管卢浮宫的走廊异常雄伟，但我还是感到一阵挥之不去的压抑，我想起上次试着进入胡夫金字塔却差点窒息的失败经历。我走到窗边，试图驱散心中的恐惧，却发现窗外的金字塔也闪烁着象征前世的金色光芒。我一直怀疑法国人是否就是古埃及人的后代[①]。

我决心一鼓作气，前往陈列萨莫色雷斯的胜利女神像的台阶。我知道，天国之路的长短，取决于朝圣者的

---

① 哥特式大教堂、埃菲尔铁塔等巨型建筑在某种程度上都可以视作金字塔的变形，它们都具有对称结构、十字形结构，法国香水和制作木乃伊的香料异曲同工，都旨在长久。

决心。

"天啊,不行,我走不到那儿。"我一边嘀咕,一边爬楼梯,心脏几乎要跳到嗓子眼,"我受不了一眼望不到头的台阶。这里一定有电梯,我记得在电影《达·芬奇密码》里,罗伯特·兰登和索菲·奈芙搭乘的是一部医用抗菌材料建造的电梯。他们也不喜欢爬楼梯。这纯粹是浪费时间。我不要模拟信号时代的楼梯,我要数码时代的电梯!"

我们四下打量,没有一座电梯!没有提示捷径的指示牌,甚至连工作人员都没有,只有保洁阿姨还在忙碌着。我该用什么语言向来自韩国、非洲、乌克兰的清洁人员问路?

"我打算回酒店。反正我没有付门票钱。我没什么损失。如果你愿意,可以留在这里。"

就在这时,我们发现,电梯就在我们身后。竟然找了这么久!

这部用医用抗菌材料建造的电梯只有几个按钮。指示牌上写着,电梯会停在二楼,停在名画《蒙娜丽莎》附近。

"电梯井的尽头不是二楼,而是天堂。这大概是卢浮宫里最高明的设计,通往迷宫的终极迷宫。"

电梯很快就将我们带到了二楼。电梯门无声地打开,映入眼帘的是展出法国画家的巨幅油画的展厅，正对我们的是名画《拿破仑的加冕》。

"和杜桑①的加冕图几乎一模一样。不过，拿破仑更矮，更瘦，头发更油腻，杜桑却有着一头飘逸的长发。"我评论道。"此地不宜久留。我们得尽快找到《蒙娜丽莎》，《费隆妮叶》就在它附近。随后，我们就可以回家了。巨大画框里的历史片段让我恶心。我快受不了了，在卢浮宫里用洗手间可不是件容易事。"说着，我便看到一群拿着亮红色塑料桶的清洁女工。

我们转身走进另一间巨大的展厅，一堵半隔断墙几乎挡住了展厅的入口。

"我们直接去下一个走廊吧，达·芬奇就在那儿。当然，只有达·芬奇的《蒙娜丽莎》。等等，我们迷路了……"

《蒙娜丽莎》不见了，许多年来，它一直悬挂在这里，甚至遭遇了某次蓄意破坏事件之后，它仍旧挂在这里。画中人侥幸逃过了一次暗杀！感谢无常的命运。

我继续向前，穿过矮墙和栏杆。突然，我眼角的余光落在隔断墙的背面——《蒙娜丽莎》。

"啊哈，他们把它挪到这里了。"

---

① 塞尔维亚历史上的一位皇帝。——译者注

我停下脚步，转过身。现在，只有少数几位游客站在画前。没有蜂拥而至的日本旅行团（也可能是中国旅行团，哪里都是他们），确切地说，一个旅行团都没有。《蒙娜丽莎》孤零零地挂在墙上，显然，这堵墙是为她准备的。她就在防弹防爆玻璃背后，无论是出于狂喜还是暴怒的行凶者都无法伤害她了。画框下有几盏放出细光束的现代射灯，就像一处摆放着卤素香炉的超现代祭坛。防止游客们靠得太近，画作前还立着带锁链的栏杆。画的两边各有一位看守，形似劳拉·克劳馥①。她们是这位女士的守卫，别着对讲机，但并没有佩武器。

我从没有近距离地欣赏过《蒙娜丽莎》。绝大多数人都没有。她身边始终簇拥着数不胜数的现代朝圣者。在此之前，我只在百米开外，匆匆瞥过一眼《蒙娜丽莎》。这是我第一次静下心、近距离地欣赏她。

我向后退了几步，一动不动地站在原地，目不转睛地凝视着她，凝视着世界上最富威望、最著名也最受爱戴的女人，一个根本不存在的女人。

她为什么如此平和？她似乎对什么都不在乎！一个愉快的人，坦荡、知足。一个高贵的人，只有极少数人能像她这样。我对她充满好奇。

---

① 《古墓丽影》的女主角。——译者注

她一定怀着不为人知的秘密,我敢肯定。她就是化身为现代人的斯芬克斯。

突然,我感到一阵刺痛,仿佛经历了一次精神上的多重高潮。

我颤抖着,强忍着即将夺眶而出的眼泪。只有哭泣能让我彻底解脱。人们只在决绝时刻,才会流出这样的泪水。

显然,你不会和我一样失态,不会和我一样在《蒙娜丽莎》前哭泣,上演粗制滥造的故事里才有的做作情节!那一刻,我负责理智的右脑已经彻底失效。

我抓起手机,迫不及待地给我的女性朋友们,给涅达·T.、伊西多拉·B.、桑雅·D. 发消息,我要将这个女人的故事分享给其他的女人。我强忍着泪水,可泪水还是不断涌出眼眶,不,确切地说,眼泪如雨,洒在我的诺基亚手机上。

这样的事竟然会发生在我身上!要知道,我是一位饱经沧桑的女子,怎么会这样?不可能。不能这样!不能……

我要将关于她的一切,连同这泪水,一起咽进肚子里。我要将关于蒙娜丽莎的一切珍藏在记忆里。

M轻轻地抚摸着我的肩膀,此刻,和早晨在大皇宫里遇见日本女人的情景一模一样。我发自内心地啜泣着。守卫仍旧站在原地，不过，她们的眼神里多出了同情和遗憾。我几乎听见了他们的心声："又是一个被感动的人，第十万个了。"

"亲爱的，你还好吗？你这些天的遭遇几乎要把我逼疯了。我们这就去看《费隆妮叶》。"

"费……《费隆妮叶》、《蒙娜丽莎》、达·芬奇、卢浮宫、巴黎、法国，还有这个世界……"我啜泣着，"你没发现，我已经受不了吗？它们快把我逼疯了。这一切才刚刚开始……"

"刚刚开始？"

"一切才刚刚开始。秘密背后的秘密，你没有发现吗？逃过一劫的《蒙娜丽莎》，堪称奇迹！"

我这才发现原来他也在哭泣。男人的泪水是无声的、深沉的、内敛的。男人将眼泪留给自己，女人则将眼泪洒向世人。

"这也是我第一次打量《蒙娜丽莎》，第一次离得这么近。在她身上，我……"他低声说。

"握住我的手。你不是唯一被这惊心动魄的美打动的。"我轻声说。

我们紧紧握住彼此的手。我们的手都像冰一样凉。我们不发一言。我们向这美好、永恒、不朽、神圣的画作致敬，向这历久弥新、未被时间损坏的画作致敬，直到永恒降临。

它属于凡尘。

也注定通往神圣。

*

我愿一直留在《蒙娜丽莎》身边。我怎么会轻易放下找寻已久的东西?

"除非她们赶我走,否则我会一直站在这里。我哪里也不去。"我心意已决。

"从现在开始,直到永远?"

"比永远还要多一天!"

该死,她为何如此迷人?为何过去的几百年里整个世界都为她着迷?坦白说,这幅画太有名了,但凡知道它名字的人,都想要留在这里永远凝视着它。

它代表了极致的美吗?是怎样一股力量让男人和女人同时为她着迷?

我凝视得越久,越觉得她深不可测。

最后,我陷入呆滞。

"你不觉得她很古怪吗?"

"你说的古怪是什么意思?"他含蓄地问。

"她很古怪,让人感觉精神分裂,就像一个有着美女外表的怪兽。仔细看她的左半身和右半身……"

"她的左半身和右半身已被人研究透了。看看那些连篇累牍的论文,在描述她的左半身和右半身这件事上,人们绝不吝惜笔墨。"

"我当然知道。让我惊诧的是,这样一位不对称的怪人却让人感受到极致的和谐之美。她的左半身,怎么说呢,是不是有一股阳刚之气?"

"没错。"

"她的右半身却有阴柔之气?右半身年轻、健康,宛如天使。"

"但首先你要明确,你所说的右侧如何判定。是观者的右侧吗?"M又和平时一样开始抠字眼。

"不。我是说她本人的右半身。画作也有生命,特别是这幅《蒙娜丽莎》。"

"哦?"

"她的左半身充满阳刚之气,衰老、病态、阴沉。看她的左臂,显然是老年男子的手臂。达·芬奇就是个左撇子,他把自己作为蒙娜丽莎左半身的模板。但现实中的蒙娜丽莎是女人,并非充满阳刚之气,她年轻,是一位不凡的女子。"

"这幅画可以被视作达·芬奇的自画像,创作这幅画时,他已经是老了,于是将自己的形象隐藏在蒙娜丽莎的脸孔背后，这一说法流传甚广。你的重点是……"

"我想在这一推测的基础上做进一步的推论，蒙娜丽莎既不是男人也不是女人，或者说既是男人又是女人。换言之，她是雌雄同体的人类。"

"这也不是什么新观点。"他试图用自己的博学打压我。

"所以，我认为，她是天使。没有性别或者说取消了性别差异的天使，是永生的象征。"

"我在认真听，请你继续……"

"她是一个男人和一个女人扮成的女人。简言之，是一位女易装者。"

"没错……"

"也可能是同性恋者？"

"什么？！"

"一个有易装癖的同性恋者……"

"你把事情想得太复杂了。"

"我必须这么想。因为这幅画太复杂了。她应该是一位颇有权势的女同性恋者。"

"你把事情想得太复杂了。你的意思是，蒙娜丽莎的原型是两个男人和一个女人。换言之，画中至少有三个形象。"

"是的，有很多人的形象。这也是为什么蒙娜丽莎的密码至今仍未被破解。现在已经是21世纪，即将迈入22世纪，人们很难理解当时的情境。"

"好吧。结论是什么？"

"呵，你果真是上个时代的教授、文艺复兴时期百科全书式的人物，你急不可待地想要一个确切的结论。启蒙，固然可以发生在灵光一闪的瞬间，但更多时候，需要漫长的过程。好吧，结论是，蒙娜丽莎是一位典型的精神分裂的现代人。她为何如此平静，仍是待解之谜。我想，我看到的只是冰山一角。"

"你追寻的并非所谓秘密背后的秘密。你已经得出结论了。这跟幸福者的不幸一样，他的不幸在于从不认为自己幸福。"

他或许是对的。或许我已经猜到谜底，只是我并不认为我已经触到真相。是的，我真的不觉得这就是所谓的谜底。

*

没过多久，我就不得不将视线从蒙娜丽莎身上移开。

卢浮宫的工作人员开始熄灯。闭馆时间到了。

我们又回到卡鲁塞尔商廊。放眼望去，这里已经空无一人，就连金字塔前也一个人影都没有。气氛有些古怪。

我愈加忧郁。此刻我就要告别,眼前的一切都透着伤感。

我的手机突然响了,一条短信,来自玛利亚·塔巴科维奇。真奇怪,她竟然在这个时间给我发短信,她在纽约,现在难道不是当地时间早上四点?

"我在巴黎,一个人,后天我要去苏黎世开会。我们明天可以见一面。NT 告诉我,你也在巴黎。我住在丽兹酒店,电话是 0143163030。"

"想不到吧,玛利亚·塔巴科维奇也在这里!尼古拉斯没有和她一起来。她住在丽兹酒店,真幸运。"我记得这家富有传奇色彩的酒店就在旺多姆广场,离我们的酒店不远,丽兹酒店是戴安娜王妃生前下榻的最后一家酒店,她正是在离开酒店后的路上遇害身亡。"我们上次见面是去年,一起喝过咖啡,当时我们想在卡地亚首饰店里买一枚可以随着心情变色的高科技戒指,但一无所获。她约我明天见。"

"好吧,我正好要去见我的出版商们,你不喜欢他们,但我们还指望着卖书过活。"

"书会生虫!而且书实在容易弄丢,我想找的时候,总找不到。论便捷程度,不及互联网。互联网也不会生虫,所谓的电脑病毒和螨虫不是一回事。"

我们又回到了里沃利街。但我是想稍稍绕一段路,去卢浮宫的中庭看看,看看灯光下的巨型金字塔。之前,我只在卢浮宫里隔着玻璃窗打量过它。此刻,我需要新鲜空气,去平复观赏《蒙娜丽莎》后的激动心情。说来可笑。多年来,我们一直选择卢浮宫边的诺曼底酒店,许多次,我和这幅让我获得新生的旷世奇作只有几步之遥。

此刻,我们又累又饿。我们没有机会重新温习卢浮宫和杜乐丽花园的美景。我们走进荟克,这家时尚精致的咖啡馆就在卢浮宫酒店和法兰西喜剧院对面。荟克里的服务员对待客人的方式透着点施虐意味。我想或许是为了迎合当下这个崇尚竞争力的时代的古怪风潮。侍者们无不摆出施虐者才有的冷淡脸孔。他们在招待 M 时,主动嘘寒问暖,态度谦恭,但一转眼又变得傲慢、冷漠,与那些擅长心理诱惑的优伶并无二致。

古怪,是荟克吸引我的原因之一。此外,它的地理位置优越,内饰融合了巴黎各个时代小酒馆的全部设计元素,服务堪称完美。不过,这里的部分菜品难以下咽,有些饮料的口味古怪至极。

我们坐在室外,头顶是霓虹灯和暖气。夜晚并不冷,我们面前是缓缓移动的车流,卢浮宫酒店门前站着身着装饰金色细条的红色制服的黑人侍者,他们在给客人们开门。我们的座位正对着酒店大门,无数游客和巴黎本地的时尚人士从我们的餐桌边经过。霓虹灯将我们的脸变成了梦幻般的蓝色。一位年轻女孩孤零零地坐在邻桌,桌下的双腿正不住地颤抖。这动作似曾相识。

"我要点饮料。去年一位出手阔绰的女孩在这里喝过一种饮料,我想试试。他们告诉我叫什么名字来着……"我努力回忆着,"算了,为了纪念蒙娜丽莎,我还是点鹅肝吧。"

"蒙娜丽莎是意大利人。"

"不,她谁都不是。她也可以是任何人。她就是她。"

穿着迷你裙的女侍者拿着装着微型平板电脑的珠光色钱包走向我,冲我微笑着。她的笑容颇为敷衍。

"这位风情万种的女士,你要点什么?快点,快告诉我!别扭扭捏捏,今晚还长着呢,亲爱的宝贝,我不想在你这儿耗费太多时间。"

"我想要本店特饮。加碎冰和草药的那种,看起来像某种透明黏稠的甜酒。"

"我知道你要的是什么,宝贝。"她甚至没告诉我那款鸡尾酒的名字就飞快地走开。"我会把鹅肝也端上来,鹅肝和饮料一起。"说完,她便消失了,"务必一起吃。"

"莫名其妙。"我说。

不过,她端来的饮料确实是我想要的那种。我抿了一口。唔,令人终生难忘的甜酒。细腻,渗进了我身体的每一个角落,我感到从内而外的畅快、放松。

抚慰你的,不是甜酒,而是蒙娜丽莎,身体里的另一个我冷冷地嘲弄道。蒙娜丽莎就像珍藏多年的良药,药力释放缓慢,但长期有效。

很快,我感觉困意袭来,肌肉已经彻底放松,我几乎瘫倒在巴黎的人行道上。我甚至看得清地上的鹅卵石。有些是褐色的,有些和玻璃一样,动人极了,异常精美。

突然,我感觉自己和外部世界的联结被彻底切断了。车来车往的声音消失了。M正在和我说着什么,抚摸我的手,可我什么感觉都没有。我看着他,眼前却像蒙了一层雾,粗粮面包做的馅饼软得像果冻,几乎要从我的嘴里流出来,点缀餐盘的薄荷叶没有一丝芳香。时间突然静止、定格。有几个瞬间,我感到一种恢宏的虚空,但很快这虚空感就消失了。我的听觉、触觉、视觉、味觉恢复了,甚至比之前还要敏锐。车辆咆哮着,M的手像着了火,世界的轮廓清晰得可怕,馅饼里仿佛住着神灵,薄荷叶的香气里藏着整个北非。

自始至终,我都沉默着。言语是多余的。一切又恢复了正常。

但我知道,我已经变了,变得难以捉摸。我的感觉如此敏锐,在某种意义上,这些感觉甚至已经超越了感觉本身。但我始终保持冷静。过去的我,无法做到这一点。

我笑了……

*

"我们停在了这里,时间可以让宇宙的一部分暂停。你可以将这一刻视作时间的回溯。正所谓,未经反省过的人生,是不值得过的。时间不能一味奔流,时间本身也需要休息。

我们都认为,所谓永恒是上帝的祝福,意味着与日月同辉。一位拜占庭僧侣曾说,时间,从撒旦手中溜走,停在庙宇边。在某个地点,时间与永恒的黄金交叉点交会。在这个十字路口,时间受到永恒的庇佑,暂时停在当下。那一刻,只有现在,过去、未来乃至生命本身,都消失了。

现在,我们就在这个黄金交叉点,宇宙意义上的时间暂停了,我们的生活也暂停了。你或许能猜到,当时间遭遇永恒,只能臣服于永恒,时间只能停下,停在所谓的当下,停在时间的荒原之中。我们无法徜徉于宇宙洪荒,活下去,才是生灵的要义。否则,我只能选择死亡。死亡,能让我们回溯时间的长河。

那么,当我们遭遇提问:'时间从何处来?'或许可以大胆回应:因为死亡,才有所谓的时间。没有死亡,时间将变得毫无意义。死亡,是编织时间之网的蜘蛛。时间停滞处,生命止歇;时间停滞处,死亡降临。时间唯有向前,才能超越死亡。因此,时间必须流淌。至于永恒与时间的黄金交叉口,则是窥视灵魂之窗。"

MP

第三部

我们迎来了巴黎之行的第四天。这天清晨,空气清新,阳光明媚宜人。我从玫瑰色的五边形房间里睁开眼,忍不住微笑。我戴上蕾丝长筒手套和旅行途中从未佩戴过的三层珍珠项链,披了一件红色的外套。红色,快乐的颜色。

"我要和玛利亚在丽兹酒店吃早饭,已经安排好了。让我好好享受一天巴黎!你可以去楼下,让那苦着脸的韩国侍者随便给你弄点什么早餐好了。"

"好吧,照你说的做。"他不无艳羡地看着我,"我要去见出版商们。晚上见,你定地方。这是我们在巴黎的最后一个晚上。代我向玛利亚问好。"

玛利亚·塔巴科维奇(罗兹德斯特文斯基·伯恩的妻子)比我年轻几岁,她身材苗条,有着一头温柔的金发和一双美丽的眼睛。她眼神清亮,是一个颇具洞见、目光长远的女子。她在纽约生活了二十多年,目前是亨特学院的英国文学教师①。一位塞尔维亚人能在美国用英语教英国文学，绝非凡人！她毕业于纽约的哥伦比亚大学的斯拉夫语系，她的学位论文围绕米洛什·茨尔年斯基的作品展开。当时的系主任正是罗兹德斯特文斯基·伯恩教授，他在美国出版了一系列该领域的专门著作，他还在俄罗斯出版了历史、政治、爱情题材的俄语小说，他写小说纯粹出于兴趣。玛利亚后来嫁给了他。两人的年龄差比我和M稍小一点，但很多时候，这种年龄差却被放大。

我和玛利亚是同胞，年龄相仿，都从事与文学相关的工作，都嫁给了比自己年长的男人②。不仅如此，我们的家人都从事与制药相关的工作。换言之，我们都"背叛"了家族事业，爱上了文学。此外，我们都曾离过婚，我们都喜欢水和所谓纯洁的东西（香烟除外），我们都喜欢菲拉格慕的鞋子。

她在丽兹酒店的豪华餐厅里等着我，那里有一处绿树成荫的温室，点缀着古代的裸男雕塑。

"难以置信，老佛爷的菲拉格慕店里竟然没有一双适

---

① 此外，玛利亚曾在加州帕罗奥图的超个人心理学院做过客座教授，参与"神性女性中心"的课程。期间，她还主持了若干学术沙龙，主题包括"情绪管理"等。

② 另外，我们的丈夫都是大学教授、作家，都是国内外各类文学社团、联盟的成员，他们在遇到我们之前，都有过漫长的婚史。

合我的靴子!"我倒出苦水。

"我明白。遇上这种事不奇怪。去苏黎世看看吧,苏黎世的菲拉格慕店就在湖边,我也要去。纽约店的选择不多。"她同情地看着我。

终于有人理解我的处境了。

"太好了,你就要去苏黎世了。"我有些嫉妒她,"祝你好运。不过,你为什么要去那儿?"

"去开会,关于19世纪至今的英美文学中的神学观与灵性说。包括我在内,共有三十五位来自世界各地的教授参会。我的报告主题是'神性女性',确切地说,是'玛丽·雪莱《最后一个人》中的神性女性'。说说看吧,你觉得这个话题如何?"

"你能搞定!"

"好吧。这个话题不复杂、不算难,并且我已经有足够的研究基础,应该能搞定。你知道,研究神性女性,将涉及正念和冥想;更进一步,还将重塑萨满教:女性角度的灵魂治疗、灵力启发咨询、昆达里尼训练指导、唤醒管理、能量与查克拉、心力祈祷、冥想方法,乃至艾扬格瑜伽训练法……"

"等等,玛利亚,不必一口气说完。我们现在可不是推销鞋子,慢点,你养尊处优惯了,有些忘乎所以了。"

我们笑着,一起哼起洛·史都华的名曲:"那是你一生中最好的时光……"

"你不知道,能在巴黎见到你我有多高兴。一个女人独自在巴黎,多孤单。"我的心里涌起了乡愁,我想起了在大皇宫里遇见的日本女人,想起了蒙娜丽莎……尽管蒙娜丽莎不是纯粹的女人。

"我们早饭吃什么?"她用含泪的眼睛看着我。

一脸肃穆的侍者在我们身后等候已久。他看起来就像一个挂满饰品的圣诞树,肩章、别针、胸卡,他还戴着一双指尖是黑色的白手套,丽兹酒店里的怪胎。

"他们自己不觉得奇怪吗?"

"什么?"她好奇地问。

"没什么,我们点餐吧。"

"要么每样都试试?我不相信就没有你想吃的。"她慷慨地问,从女性的角度看,稍显傲慢。

"即使全都端上来,也未必有合我胃口的。"

"好吧。'女性抗压与时间管理的自我护理方法'。"

"你真的疯了。你太用功了。当然,也可能是遇到了更年期,荷尔蒙水平和在青春期时一样上上下下。我们都将迎来第二春!至少激素高峰能让我们的脚暖和些——我俩都怕冷。"

"别担心激素高峰。从月经前十天开始,每天服用八十毫克的维生素 B_6,服用月见草油,在咖啡里加豆奶,用

2%含量的天然孕酮按摩大腿内侧。"玛利亚基因里的制药与护理天赋被唤醒了①。

侍者把东西一齐端了上来。食物盛放在各式各样的镀金小碗和镶金边的瓷盘里。我们吃了一些鲟鱼子酱和一份带荔枝的水果沙拉,各喝了一杯矿泉水,继续聊了起来。

"你们俩在巴黎做什么?"

"什么都没做。M正在为小说《双身记》奔走,我预备买第二双靴子。我还试着从神秘学和建筑学的角度分析巴黎这些对称和不对称的建筑。另外,我也开始准备创作一部大部头,这部作品会很疯狂。"

"是吗,可以说说看吗?我倒想看看你的作品和我的比起来,算不算大部头。"她笑着说。

"我想写一本三部分组成的书,融合侦探、科幻、教育元素的女性主义宣言:关于女性在新时代的生存状况!"

"别故弄玄虚,亲爱的,快告诉我主题。"

"神性女性、神圣的女性、富有灵性的女性,尽管我们隔着大西洋,却关注着同一个话题。"

"你在开玩笑?!"

"没有,亲爱的,有两个人启发了我对这个话题的关

---

① 玛利亚基因里的制药天赋让她对常用药了如指掌。此外,她私下对日本的灵气疗法有着特殊的热情,据说这是一种靠精神念力治疗的非常规手段。

注，你是其中一个。你通过灵气疗法激活了我的灵气，打通了我被身边的男人们压迫已久的喉轮。"

"原来如此。我也遭遇过类似的事，我是指被压迫。"她不无哀伤地说，"另一个激起你对这个话题的兴趣的人是谁？快告诉我她的名字，等等，莫非是他？！"

"是蒙娜丽莎。"

"哇！我的好姐妹，你果真出手不凡。"她不禁击掌。

我们身后那位始终如雕像般的侍者稍显唐突地侧过头，竖起了耳朵（我猜他听懂了"蒙娜丽莎"这个词）。他看起来更像我们的守卫，而非侍者。

"尽管丹·布朗写过一系列类似的题材，你或许知道……"

"我知道。你现在需要的是怛特罗密教，而不是我，玛利亚·塔巴科维奇。"

"唔……现在你就在身边，是最佳人选。昨晚，我见到了蒙娜丽莎……"我深吸一口气，准备长篇大论。

"等等，雅丝米娜，写作不是买鞋子。你该趁着大好年华，去看看外面的世界。想和我一起去克吕尼吗？"

"克吕尼，法国国立中世纪博物馆，你疯了吧。M前几天也提议去那儿。上帝，你们俩到底怎么了？我们为什么要去克吕尼？特蕾西·雪佛兰的《淑女与独角兽》写的就是克吕尼，不过这部作品还没有拍成电影，该死的好莱坞，反应越来越慢。至于宝莱坞，绝不会对这类题材感兴趣……"

"别说了。真想用手锁住你喉轮，你就不会继续念叨了。听我说，我的想法很简单。丽兹酒店客房的四帷柱床上挂着精美的毯子，我不确定它是不是克吕尼博物馆展品的复制品。我很想看看那一系列名为《淑女与独角兽》的挂毯。它们背后的感官与欲望的故事，着实勾起了我的好奇心。"

"啊哈，一次私人旅行。好吧，容我考虑一下……知道吗，昨晚我的感官突然失控了，我喝了一杯调制的饮料，接着就……"

"够了！别再提这档子事。你简直是个话痨。"

"我闭嘴。好吧，我不再提这事。"我用手在嘴唇上比了个V字，"但有件事得告诉你。"

"好吧，请说。"她揉了揉太阳穴。

"M第一次提议带我去克吕尼，是很久以前，也是为了看这些挂毯。我告诉他我不想去展示刺绣作品的博物馆。我已经受够了诸如《读书姑娘》《冬日》《秋千上》一类的塞尔维亚小型刺绣画，它们让人心酸。在社会主义时期的很长时间里，塞尔维亚人没有铸币来纪念神明，只能将神明的形象变成刺绣画，挂在墙上。"

"好吧，你说服我了。我会记住你的故事。这故事很有你的风格。"

"什么意思?你指《读书姑娘》还是硬币?"

"两者。"她笑了笑,"好了,走吧,两位塞尔维亚女子去法国的刺绣博物馆。没什么不妥的。"

"好!去过博物馆,就去买靴子。如何?"

*

"丽兹酒店的侍者,那个守卫,他一直守在我们身边。趁我们等车的时候,我想去酒店的台阶上抽一根烟,为不朽的戴安娜王妃——我们20世纪的偶像——默哀。"塞尔维亚裔美国人说着,从菲拉格慕手包里掏出一包温斯顿轻型香烟。

"你也有菲拉格慕的手包。"我艳羡地看着她,"你的丈夫把你的全套菲拉格慕装备都写进了小说《俄罗斯的漫长冬日》①。这意味着你将有两套菲拉格慕,一套是真实的,一套在书里。而你,也是小说中的主角。我丈夫曾将一部戏剧和一个短篇小说献给我;最近,他还为我创作了一部长篇小说,小说写得不赖。不过在这些文学作品中,

---

① 《俄罗斯的漫长冬日》是玛利亚的丈夫罗兹德斯特文斯特斯基篇幅最长的小说。小说选取一位俄籍美国人的视角,讲述了巴尔干战火纷飞之时,这位美国人爱上一位塞尔维亚女子的故事。

都没有像你丈夫的作品那样提到高档奢侈品牌!你可真幸运!"

"你竟然计较这个。你这身喜气洋洋的红色套装,可是迪奥的,你还披着菲尔蒂的皮草。但我得提醒你,皮草并不环保。还有你脖子上的三层珍珠项链,置办这个东西的钱,够你去梵克雅宝、卡地亚、宝格丽挥霍一通。"

"你还是和原来一样,颇有英国人的派头,喜欢缝线裸露在外的象牙白套装,不喜欢看起来时髦、浮夸的服饰。"

"告诉你我在纽约的邻居曾跟我说的,那位非常非常有钱的夏比洛夫人,已经快九十岁的那位。"她挥手试着拦一辆出租车,但没有人理会。于是,她继续说道:"她说,穿得漂亮才活得漂亮。穿着和生活密切相关,相互提携。"

"我的身体健康,可我的精神已经衰竭。"我不无愁苦地念叨,"我的身心已经分裂。"说罢,我也抬起手用力地向着出租车挥舞。

一辆车停了下来,一辆红色的法拉利,带玻璃天窗的法拉利。

"你的身体和灵魂不协调。"玛利亚武断地说,随后坐进了出租车。

旺多姆广场那座蛇形塔带着惊诧俯视着我们。

*

难以想象，2006年的某一天，我会和玛利亚在国立中世纪博物馆（即著名的克吕尼博物馆）和附近的中世纪花园里散步。这座华丽、精致、酷似哥特式城堡的博物馆原本是一座15世纪的修道院。在高卢人和罗马人统治时期，一度是温泉浴场。那些消失的溪流、泉水、水井激发了我的兴趣。如今，透过一口岩石垒成的水井，尚能见到昔日的地下水源，水井就在博物馆正门附近。这精美的大门后面收藏着各式各样的中世纪器物：挂毯、雕塑、拱门的残骸、珠宝、祈祷书、钱币、古雅的门把手、钥匙、纪念品、便携式的小型祭坛、充满想象力的圣水盘[①]……克吕尼博物馆的独特建筑和它周围的风光让我们从尘世的喧嚣中抽身，获得一种朴素的宁静，尽管附近的林荫道——特别是圣米歇尔大道——不时传来都市的喧嚣，传来帝国如今年轻人的声音。克吕尼博物馆就在索邦大学附近，靠近塞纳河，附近的街区多是曲折的小道，道路两旁有许多希腊餐馆、阿拉伯餐馆、美丽的小书店、杂货店和二手书店……

---

① 法国博物馆的展览充满想象力，趣味十足。

"无论是在纽约还是在巴黎,你的住处总在大学附近。明天,你还要参与苏黎世的学术讨论。"

"哈哈,我喜欢学术。我的学生,尽管他们总在制造麻烦,但有冲劲,让我觉得自己永远年轻。"

玛利亚看起来甚至比她的学生还要年轻!现在,许多母女看起来就像姐妹。

"你知道吗,对你,我可以说实话。我对未来颇有信心。想到未来,我顿时容光焕发。但在塞尔维亚,我就不敢说这话,他们会觉得我是一个乐天的傻瓜,恨不得把我生吞活剥。"

我们沉默了。我们思考的是同一件事:我们的不幸。

无论何时何地,事情总是如此:要么全对,要么全错,要么全黑,要么全白,人类历史上不断上演同样的剧本。

"事实上,水杯里确实只有半杯水。但我们打通了心轮①。我们的生命因为心与天地之间的能量交换获得滋养。人心与天地之间存在感应。肉身不过是心与天地沟通的桥梁。"玛利亚说。

"这是日本灵气论的说法。我已经被你洗脑。坦白说,我也这么想。你现在更像瑞士人或者日本人。严谨、不可

---

① 按照远东古文明的说法,人的身体里有七大脉轮。这个数字恰好和雅各迈过的台阶数相同。

捉摸、精明，这些词简直是专门用来形容灵气论的。真的！"

"好吧，如果我不说，你永远不知道我作为一个斯拉夫的后代吃了多少苦头。例如灵气论，目前只有瑞士公开承认，它可以作为一种特殊的治疗手段被纳入常规的医疗保险范围。你理解我吗？红十字会诞生于此，灵气疗法在此获得了最高级别的认可。算了，我们还是去看《淑女与独角兽》吧，为了那段传说。"

我们在古堡里漫步，从一个房间到另一个房间，行程远比我们计划的漫长，每一件展品都很有趣。巴黎的国立中世纪博物馆里陈列着世界上最美丽的挂毯。这些瑰丽的收藏呈现了从古代到中世纪各个文明中心的制毯技术。伊朗、埃及和拜占庭帝国的东方风格的挂毯与垫子，同意大利、西班牙、英国等国的作品陈列在一起。

天啊，我竟然将如此精美的艺术和刺绣相提并论。

城堡的中心，是一处光线昏暗的椭圆形大厅。大厅的墙是纯黑的，墙上悬挂着六面挂毯，挂毯的底色是明艳的火红色，点缀着大小不一的花朵。它们隐喻着人类的五种感官——味觉、听觉、视觉、嗅觉和触觉。最后一幅挂毯则隐喻着人类的感知力，也即"心觉"。

权威科学界只承认"五感"，但这一学说正遭到日益严苛的挑战，就像人类一度只承认四种元素——水、风、土和火。曾经有一部高成本制作的电影将第五种元素——爱——视作生命的重要构成。有趣的是,从爱和心灵诞生的天使,未被列入保护物种。其他的物种,从鲸鱼、阿米巴变形虫到宝石,却都受到法律的保护。

但至少,在克吕尼有一整面墙留给第六种元素。黑暗中,光线投射在五面巨大的挂毯上,整面墙便成了万花筒,展示各种感官的万花筒。第六张挂毯则和《蒙娜丽莎》一样单独展示。隔断墙和其他的挂毯相对,上面悬挂着刺绣画,写有一行神秘文字:我唯一的心愿。

"À Mon Seul Désir①,'我唯一的心愿'是什么意思?"我坐在为观众准备的长凳上,在黑暗中低声念着。

"我正是为了这句话而来,为了见证、理解我唯一的爱。"

"这也是你来巴黎的原因?"

"答案就藏在巴黎。"

"你的答案在《淑女与独角兽》里。我昨晚也发现了。"我陷入沉思,"可我却忘记了自己为何而来。记得吗,我和你说过我在荟克咖啡馆的经历,我的感觉……"

"嘘!先观察,再思考。"

我沉默了。毕竟,玛利亚是哥伦比亚大学的博士。但

---

① 法语,常被解释为"我唯一的心愿"或"给我唯一的爱"。——译者注

她比我年轻！年轻人应该懂得聆听，常理如此。

15世纪，一位无名的佛兰德工匠用丝线和羊毛记录了一段独角兽的传奇。独角兽是传说中的神兽，浑身雪白，拥有马一样的蹄子，额头处长着弯曲的长角。它是纯洁、光明和美德的象征。这也是为什么耶稣曾经化身为独角兽。并且在传说中，只有童男童女才能捕获、驯服独角兽。

"你知道为什么这些挂毯会出现在克吕尼吗？"我低声问她。

"不，不知道，别说话……静静思考！"

"好吧。我保持沉默。我会把故事写进脚注①。"

"——？"

"好吧，继续观察……我听你的。"

我看到的是如下画面：

嗅觉——一位女孩正在编织花环。她身后有一只正在轻嗅玫瑰的小猴子，猴子手里的玫瑰是从女子的花篮里

---

① 脚注（轻声说）："1841年，负责考察历史遗迹的专员普罗斯佩·梅里美在布萨克城堡发现了这些挂毯。那时，城堡是克勒兹省的首府。挂毯被发现不久，乔治·桑写了一系列关于这段历史的文章、小说和日记。1837年，布萨克市政府买下了整座城堡和城堡里的收藏。1882年，法国政府从布萨克市政府处收购了城堡，并将挂毯捐献给克吕尼博物馆。"

拿的。

听觉——一位女子正在演奏桌上的管风琴，管风琴上盖着精美的毯子。一只狮子和一头独角兽分别立在画面的两侧。

视觉——一位女人手里拿着一面镜子，一头独角兽将两只前蹄谦恭地放在女人的膝盖上，它正在凝视镜中的自己。

味觉——一位女子用右手拿起女仆端着的盘子里的东西，她身后站着一只狮子和一头独角兽。女子看着一只鹦鹉，小狗则仔细观察女子的动作，嘴里含着它从地板上衔起的食物。

触觉——穿着一袭闪亮华服的女子，一只手执着小旗，一只手抚摸着独角兽的长角。

"我唯一的心愿"——一位女子站在中世纪式样的帷幕前，帷幕上写着"我唯一的心愿"，一位女仆手捧盒子站在她面前，女子将一条项链放进盒子。

画中的场景是同一个地方——一座深蓝色的小岛。小岛上长满星星点点的鲜艳花朵。画面的背景是鲜红色，点缀着开满鲜花的树枝。画中的女子年轻、优雅。在不同的场景中，女子的衣裙、首饰款式不同，但看起来都十分奢华。

"玛利亚，第六张挂毯会不会是另外五个场景的概述或总结？"我大声问。

*

绕过克吕尼的城堡式博物馆背后的防御工事，有一座花园，我俩坐在花园的石凳上，凳子上雕刻着阿拉伯风格的花饰。围墙经过岁月和温泉地下水的侵蚀，早已形同废墟，和我在卡莱梅格丹公园见到的矮墙颇有几分相似。工人们正在修缮离我们更远的那面围墙。

"你相信吗，卡莱梅格丹已经修好了。我去上公园和下公园转了转，感觉像是一处全新的遗址，干净、整饬、风格鲜明。"

"真的吗？！天知道他们修了多少年，我在塞尔维亚的时候，他们正在修。我有时不得不回去，你也知道为了父母，为了看一眼亲人，为了见朋友，总是来去匆匆，来回一趟足以让我精疲力竭。我感觉自己真的要成女救世主了。我的身体在美国，心却在塞尔维亚。"

"卡莱梅格丹公园的经理是个女人。"我的头脑转得飞快，"她在短时间内创造出奇迹，不仅重建了公园，还修复了考古遗址。我真想见见她。如果她是国家元首，卡莱梅格丹公园外的世界早就改弦更张。"

我们没有说话，各自沉浸在自己的故事里，沉浸在自己的秘密生活中。我们都大口大口地呼吸着。我们天马行空的想象都指向同一个谜：我唯一的心愿。

"可我唯一的心愿却关系到两件事！"我大声说。

"好吧，你是说真的？不！只能有一个心愿！"我能猜到她在想什么。她的蓝眼睛几乎是透明的。

"谁说的？你指的是最后一幅画（当然也可能是第一幅画）中，在供奉着心愿与感官的神殿里，那位将项链放进了首饰盒的女子。她手中拿着的似乎是一条珍珠项链，甚至有可能就像我脖颈上的这条项链，有三层珍珠，象征着人鱼会满足她至少三个愿望。"

"你真的这么认为？"

"是的。你一直用文学教授的头脑思考，而我则用小说家的头脑思考。我以艺术之名，祝福你能实现三个愿望。我不是个吝啬的人。你是我的朋友，有时还是我的老师。你帮我解决了学术上的困惑。"

"我同意你的说法。"她用灌注了灵气的手拍了拍我的肩。

"谁先许愿？"

"我们不必说出全部的愿望。我们保留其中的一个吧。"玛利亚提议。

"我同意。"我说，但实际上，我还没有想好第三个愿望,"我的第一个唯一的愿望就是永远不要放弃我的梦想。"

"——?"

"让我放弃梦想等于杀了我,如果我放弃了梦想,就让我死在巴黎。"

"何必诅咒自己!"她爱怜地摇了摇头。

"现在,轮到你了。"我说着,忧伤地望着她。

"我唯一的愿望是能在此刻获得平静与祥和。在肉身不死和感官健全的前提下,让我的心灵暂停一会儿。"

这时,成群结队的鸟儿像一片小小的不规则的乌云,从长凳后修葺整齐的圆球形灌木上飞了起来。

"从今天早晨一直到现在,我试图和你分享我昨晚的遭遇。我们去了荟克咖啡馆,当时我刚欣赏完《蒙娜丽莎》,那是我第一次近距离欣赏这幅画。我点了杯不错的饮料,可突然间,我所有的感官都消失了,然后……"

"等等。先告诉我你的第二个愿望。"

"不!让我说完……"我一脸惊愕地看着她,就像打量一个陌生人,"我已经有了答案,就在刚才。我们都知道答案。愿望很简单,但要实现很难,不过未必不可能。"

灰色乱云般的鸟群又以刚才的队形飞回树冠,躲进枝叶中。

"请告诉我你的愿望。"她低声说。

"简单说来,肉身的变化往往以肉身的寂灭为前提。肉身消失了,时间的意义才会被取消。但肉身消失,意味着感觉也会消失,并且要付出生命的代价。我说的不是某种涅槃。其中的道理无须我多费口舌。我们需要做的,是停止对自我的怨恨。换言之,我们需要学会爱自己。"

"好吧,爱!"她咕哝着,仍旧望着树的方向。

"爱,才是万物的起源。我们并不知道如何去爱。但要获得生命中至高无上的成就,秘诀就在于此:爱,爱我们自己,将爱播撒到世间万物。有爱,生命才有可能。"

"我明白了。你试图洗刷掉灵魂中的仇恨、虚荣、嫉妒……你也不该再抽烟了,要关爱你的肺和心,要微笑,获得内心的平静。这太难了。"

"别无他法。"我肯定地说。

"是的,别无他法。"她低声说,"我们需要做的无非是发掘灵魂的潜能去实现这一目标。精神指挥着肉身。"

"这是你的专长,玛利亚,灵气、查克拉、神性女性。"

"嗯……我知道了。"她兴高采烈地说,"我待会儿再和你说。我们至少需要修炼数百年的时间,才能做到。还是先告诉我你的第二个愿望。"

"我会告诉你,但我还想继续你刚才的话题。我们不需要几百年的修行。我们已经修行了数百年。我们需要一次全新的开始。这也是我许下的第二个愿望中的一部分。"

"嘿,不能这样。我们可没说,每个愿望还可以包含若干个小愿望。"

"谁说不可以?"

"你赢了!没有人说可以,也没有人说不可以。"

*

"我先告诉你第二个愿望的第二部分。我希望可以看见未来,用眼睛看,不要永远,一会儿就行。我希望自己能有第三只眼睛,这只眼睛就像我的头脑,可以预知未来。我希望能有一扇大门帮我实现这个愿望,当我走出大门时,便有了这洞见未来的无形力量。这扇门或许就在某个城市。在贝尔格莱德的卡莱梅格丹下城区就有一扇维丁门,当我穿过这扇城门时,突然感到一阵阴冷,一瞬间,我看见了曾经的辛吉杜努姆古城。我可以听到、闻到、尝到、看到过去。我希望能以这样的方式感知未来,感知那个我永远无法抵达的时空。这就是第二个愿望的第二部分。"

"永远别说永远。"

"你说得对。"

"不如说说你眼中的未来。"

展望未来的预言[1]

我亲爱的玛利亚,你曾说,我们正在从上一个千年过渡到新的千年,此刻的我们,就像在桥上,在十字路口。无论我们使用何种历法,我们,每一个人,全人类,皆是如此。我们处在同一个历史时空,而历史的时空不会被人造的历法改变。

我们生活在充满奇迹的时代,尽管当代的时间总是混乱、破碎,尽管充斥着朝生夕死的节奏,尽管终点可能是虚无。但与此同时,我们也见证了旧传统的瓦解。

如今,个人隐私的曝光造成了一系列骇人听闻的全球性丑闻。这个时代,你将会读到、看到被残忍曝光的秘闻:公众人物的私人生活、著名演员的内衣、镜头下情侣分分合合的肥皂剧、冲击着我们眼球的明目张胆和隐晦的色情内容、政坛丑闻、各种真人秀、隐蔽拍摄的镜头。我们观看战争、恐怖袭击、自然灾害的现场直播,我们调查各种冲突、事故和灾难的幸存者;我们观察昆虫的交配、

---

[1] 不推荐精神脆弱者阅读此部分,因其过分乐观。

花朵的生长，我们研究病毒、细菌、行星、彗星和小星星，我们试图从微观和宏观的角度去探索黑洞……

最初，4D技术用来帮助妈妈们观察婴儿，观察这种自身存在与体内存在之间的亲密关系，或用来探究公元前4世纪无名女子的确切死因。但如果说，这一技术的发明与揭露名人八卦丑闻的杂志或所谓的严肃报刊毫无关系，无疑是短视。我们活在一个曝光的时代——一切都是公开的、可见的。为了满足孩子们拆解玩具的心理，透明外壳的电脑或手表应运而生。但和孩子不一样的是，成年人在探究隐私时，会借助放大镜、显微镜、媒体、卫星、互联网、扫描仪、定位仪、声呐装置、导航仪、核磁共振、超声波……成年人会调用一切探究手段（知识、习俗、高科技），觉知千里之外，不放过任何蛛丝马迹。调查、研究、曝光的对象，没有任何限制：地球、海洋、宇宙、历史、地理、生物、情感……

显然，我们生活在一个百无禁忌、全民狂欢的时代。至少，近年来，呈现这样的趋势。与此同时，我们也掌握了更多的知识，接受了更加专业化的高等教育，并生发了观念。人类经过了数千年的半遮蔽、半秘密、半真实的时代，又重新回到了童年，重新探索宇宙，探索宇宙最深处的秘密。

可以说，我们生活在自由之中。自由不再是一纸空文,不再是文字的乌托邦。

或许不用等我们活到二百四十岁,到了 22 世纪初,世界已经如此:

为了控制新生儿数量,基因筛选技术不断发展。由此,克隆技术使得身体的重塑、生物兼容性的器官移植成为可能。人类甚至可以用鱼鳃替代肺。

拥挤的都市在未来会被完全不同于当下的新型城市取代。城市变成公园,甚至是建在水下的"人造"土地上。那时,生态产业将引领世界潮流,科学技术产业将被设计、艺术、文化等产业取代。

那时,人们已经发现可循环利用的能源。

那时,可视化的交流手段会被人工智能的手段取代。人们可以与动物交流,甚至无声地交流。那时,人与人之间的交流、思想的传递将彻底智能化。

那时,梦想照进现实。

人类不再因为争夺水源发起战争。水资源将取之不尽、用之不竭。但人类会为了控制个体的思想而发动战争。

我们将在月球上发掘矿石。

我们将探索太阳系外的移民地。

我们将建造自己的星球。

人脑不断被激发,就像尘封的抽屉被打开。

22世纪，人类的生理结构也将发生变化，变得轻盈、修长、苍白、灵活、通透。人类的寿命将超过一百四十岁。人类甚至将变得和天使无异，是男人，又是女人，性别的差异不复存在。人类将变得纯粹，更注重精神，将无限接近不朽。

尽管，到那时，不朽仍遥不可及。

"这就是我的想法。"我说，"此生，我相信爱、艺术，相信我自己，相信新基督教精神。来世，我将更加通透、自在、平和、轻盈。"

*

现在，我们自在、温柔、轻盈。
请想象：安静，就像白色
升起，在乌拉尔山。

我们因那渐渐消隐的脸庞而悲伤，
但多年以前，一个夜晚，我们就已将它遗失，
我们转念又想起，某个地方，代替它的，
欢快溪流。

爱，在异国的清晨
让我们的灵魂紧紧相偎，无限平静的澄澈蓝海，
其中有闪亮的红珊瑚珠
就像自家的梅果，闪闪发光。

我们在夜里醒来，友善地微笑
在月光下仓促地弯腰
抚摸远山之巅
是冰山，手指的动作和缓

那是十一月阳光明媚的巴黎，玛利亚坐在克吕尼博物馆花园的石凳上念起了米洛什·茨尔年斯基的《苏门答腊岛》中的句子。我们愉快极了，仿佛刚刚结束一次痛彻心扉的哭泣。

*

我和丈夫会在夏天或冬天出门度假。几年前，当我们在突尼斯旅行时，我曾遇见了另一个自己。

当时是二月，天气炎热，但空气很清新。深蓝色的天空澄明无比，是典型的北非晴空。

你可以在比海平面略高的泳池前的露台上晒日光浴，

露台的栅栏正好在海天相接处,你斜躺在那儿,会感觉自己拥有这一整片开阔海面。与我们同行的有我十来位伙伴,我们都穿着酒店里的白色浴袍和泳衣,我们不时鼓起勇气把柔软的法兰绒浴袍脱掉,让裸露的肌肤暴露在冬日暖阳中。

我当时在读一本书,那本书的名字我已经想不起来。二月微醺的阳光让我打起瞌睡,我欣赏着非洲的小鸟充满东方风情的甜美歌唱,草药香扑鼻而来,空气中还有橙花树、椰枣树、织锦般斑斓的落叶松的芬芳,仙人掌结着暗色果实,如深蓝的无花果……

突然,我看见了另一个自己。那个我站在栅栏边,背对着我,眺望大海。从她抽烟的样子,我看出她有些紧张。她的动作、发型、肩膀、姿势,简直和我一模一样。我从未从背后打量过自己,这是第一次。毫无疑问,这个人就是我。唯一的差别可能是这个人稍显年轻。

我看着这个奇怪的女人,她就像克隆出的另一个我,抑或我失散多年的双胞胎妹妹。我看见那个自己侧过身。

那一刻,我几乎疯狂地爱上自己。我愿将一个人一生中最温柔、最美好和最悲伤的爱献给自己。这份爱来自内心深处,不乏自恋的成分,我迷恋着眼前的自己,无论是她的外表还是她的心灵。

不要回头,妮诺契卡①,请你不要回头。让我再多看一眼,我这么想着,出汗的手紧紧攥着浴袍的边缘。不要离开露台。请永远留在我的视线。请永远和我在一起。你的美照耀了整个宇宙。你如此生动,如此真实。

我第一次在现实时空中遇见你。你成了单独的个体。我爱你,我与你心心相印。

只见这位不知道名字的陌生女人放下了头发,她的动作和我一模一样。她将手放下来,插进雪白浴袍的口袋。她预备转身,转向我。

我迅速从她背后跳开,逃走了,撇下了露台上的同伴,还有另一个我。我的最爱,我最深的渴望,就让一切停在她即将转身的那一刻。

*

我要写下这份未尽的爱,献给另一个自己,献给与自己一模一样的那个人。

这段故事关于我自己,那个更真实、美好、不朽的我。一切停在转身的那一刻。

---

① 容颜绝美的女演员葛丽泰·嘉宝扮演的电影角色。——译者注

*

"我很欣赏你对未来的预言。"玛利亚深深地叹了一口气,"就在你沉默的间隙,我还领悟了一个道理。自私源于对某个人的恨。爱一个人意味着通向无限的自由,意味着将爱献给世间万物。"

"正是如此。"我也深深地叹了一口气,"但你还没有告诉我,你的第二个愿望是什么。"

"噢,很简单。"玛利亚说,"我想写一部小说。我坐在书房里,却感觉自己被困在文学和语言的象牙塔里,困在独角兽的角里。确切地说,是双重困境,我同时被困在英语和塞尔维亚语的象牙塔里,象牙塔的窗户就像飞机上的迷你舷窗,始终紧闭着。我不知道该如何打开窗户,至少该推开一条缝。"

"我很理解你的感受。我也有同样的问题。尽管我只用母语写作,但我的创作总是和我的婚姻牵扯在一起,我面对的困境也是双重的。不过,我们的当务之急是离开这座花园,回到那蜂窝般的圣米歇尔大道,弄点吃的。"

因为玛利亚的灵气治疗,巴黎拥挤的人潮没有影响我的心情。我在第一个路口的小鞋店买到了靴子。一口气买了三双。每一双都很适合我,价格公道,毫无瑕疵。售货小姐还推荐了与鞋子相称的手包。

"哦,不,merci madame①。我不想买包。"我礼貌地拒绝。

"是 mademoiselle②,不是 madame。"售货员纠正我,"如果你是小姐而不是夫人,会少许多麻烦,n'est-ce pas③? 我不稀罕某人送我一只价值七百欧的订婚戒指,据说,那种象征着牢笼的戒指的均价不过如此。n'est-ce pas,余生我不得不为他做饭、洗衣、生孩子、做爱! 记住我的忠告,不谢!"售货员说完,对我狠狠地竖起中指。

玛利亚和我面面相觑。显然,在疏离、异化、精细化的当代世界,我俩的心智已经严重退化了。

不是因为我们已经结婚,不是因为我们的丈夫都比我们年长许多,而是因为我们的婚姻是建立在爱情之上! 显然,我们的初衷已经显得古怪、不合时宜! 我们甚至没有价值七百欧的订婚戒指! 怎么可能!

"英语词 Ms④并没有相应的法语表达。"玛利亚从语

---

① 法语,意为"谢谢,女士",madame 为用于已婚妇女姓名前的尊称。——译者注
② 法语,意为"小姐"。——译者注
③ 法语,意为"不是吗",表反问。——译者注
④ 英语,意为"女士",用在婚姻状况不明或不愿意提及婚姻状况的女子的姓或姓名之前。——译者注

言学的角度分析女性,"英语更精准、更切合实际。Mrs 相当于 madame,Miss 相当于 mademoiselle,Ms 介于两者之间,意思模糊,避免冒犯他人。选择折中的表达是基本的礼貌。"

"你如何读这个折中的词?我知道怎么拼写,但不知道该怎么读。'密兹'?"我拖着装满超轻靴的购物袋,沿着圣米歇尔大道往塞纳河走。他们终究说服我买了其他的东西,几对呆板的鞋楦,看起来就像做外科手术的工具,我甚至觉得箱子里装的是人造假肢。

"你怎么带这些东西过边检?"玛利亚没有回答我的问题,而是同情地看着我。

"我通常带两个空箱子来巴黎。我的箱子装我的东西,M 的箱子也可以装我的东西。我出发的时候只携带必备的衣鞋,此外,还会往箱子里塞箱子。如果有需要,我会在商店里再买一个箱子。我还可以用带轮子的行李袋,就像现在。不过,我的胳膊简直要被腿拽断了,我的意思是,我的腿需要这些靴子。另外,你为什么会觉得靴子过不了边检?靴子不是危险品。现在,只有危险液体受到限制。"

"靴子过安检门的时候,会有哔哔声。"

"不止靴子。协和广场的方尖碑也会发出哔哔声。"

"什么,你刚才说什么?"她好奇地问。

"没什么。我没时间解释。你会在书里读到。不仅是方尖碑,你也会出现在书里,我会写下你刚才对我提的那些问题。"

"你是说那包含三部分的大部头吗?好吧,你加油,期待这部巨著。你喜欢大部头的东西,但你要想好把它们放在哪。我喜欢三件套的碗橱。我还喜欢运动装、休闲装和晚礼服。每样东西都需要地方。还有,你为什么买这么多靴子?"

"因为大洪水。"

"大洪水?!我的老天爷。"

"我没有在未来预言里提到洪水。我不确定它发生在哪里,所以没提。它应该出现在关于气候的那部分。该死!"我说着,把购物袋从一只手换到另一只手。

"好吧,我知道了。或许可以写进脚注。"

"没必要。不过是一场梦。两天前,我在夜里梦到的。好了,我们得找地方坐下,我再也走不动了。"我四下张望,想要找一个合适的地方,"我已经拖不动这些袋子了。"

我们往克吕尼的咖啡馆走去。咖啡馆的窗帘是红色的,镶着金边。我想坐在窗边。这幅窗帘,还有我们坐的出租车、画着神秘女子的挂毯,都和我的红衣相衬。想到这里,我心情舒畅,长舒一口气。我挑了一件合适的衣裳。我打量着玛利亚。她和画中的女子一样，穿着和独角兽角的颜色接近的白衣裳。

和巴黎的其他餐馆一样，这家餐馆①也需要等位。午餐时间，法国的餐馆甚至会让三拨客人在同一张餐桌上吃饭。在人口膨胀的都市，服务员显然需要做复杂的算术题。餐桌之间的距离很近，你的脖子可以感觉到邻桌客人的呼吸。盘子和餐具却非常大。总而言之，你得像杂耍似的化身橡皮人，钻进指定的位置，随后让你的身体、食物、思想和肉身的七大脉轮各就各位，当然，还要安置好装靴子的购物袋。

我沮丧地瞥了眼可以看见巴黎圣母院的窗户旁的餐桌。我们得像跳芭蕾舞一样钻过去，弯腰坐下。如果我是一只蚯蚓或者轻盈的未来人，大概会容易许多。

"我要和你说一件重要的事。"我们异口同声地说。

"好吧。"我们又同时说道。我们俩不约而同地笑了，慢慢地挪到那个小小的美食角落。

熟悉的疲惫感再次向我袭来，我的身体开始发颤，随后心跳的速度也加快了。渐渐地，我感觉呼吸困难。呼吸不畅立刻引起了我对密闭空间、嘈杂环境的恐惧和敏感，

---

① 我不知道为什么法国人会把餐馆叫作 café。类似地，他们会把小餐馆称为 salon de thé，这个词的意思是卖茶的地方，尽管里面通常会卖法式牛奶咖啡。

我的思绪开始模糊，我怀疑自己立刻就会因为心脏病暴毙。我不能就这么死在圣米歇尔大道！

邻桌坐着一位年轻男子，男子身边（确切说，是大腿上）坐着一位女孩，男子的双腿正在不安地抖动，但他抚摸女孩的手却那么温柔、充满爱意。在巴黎，只有男人们会抖腿，女人们更加容易心跳加速。有趣的是，男人们死于心脏病的机率更大。我饶有兴味地思考起男女关系中肢体语言和内心动作的微妙。

"你先说吧，你比我小。"我难为情地说道，恨不得将自己藏起来。

"我亲爱的朋友，亲爱的姐姐，你这是怎么了？"玛利亚压低声音说，"你怎么突然变了副模样，好像正在被卡车追着跑。"她用充满灵气的手安抚着我的左肩。"你想找地方把自己藏起来吗？其实，我也有类似的问题，所以我才许下了第一个愿望。我珍视自己的身体和感觉，我也想获得平静。我告诉自己，要学会爱自己。我们是在逃避困难，逃避自我，逃避内心的自我。我们应该将自己的身体视作肉体和心灵的避难所，我们蜷缩其中，舒适、轻盈。"

"你刚才说什么？我们应该蜷起身体。你知道的，有时候，当然，这种情况很少，我感觉自己的身体异常柔韧，完全属于我自己。每个部位都那么和谐。唯一的遗憾是我没有尾巴。但我却总能感觉到它的存在。就像那些惨遭截肢的人，他们仍不时地清晰感觉到身体失去的那部分的存在。我能感觉到我的尾巴。它从我脊柱的末端长出来，和野猫的尾巴一样长，有趣极了。我特别喜欢蜷起身子、半坐半躺的姿势。当我蜷起双腿时，尾巴便会在沙发上扫来扫去。我享受缺失的部分带给我的微妙实感。那一刻，我才感觉自己是肉体的主人。"

"你说的是昆达里尼①。不过，我更建议你关注第三脉轮与第四脉轮之间的部位，找到抗压力的支撑点。那个部位对我们、对所有人而言，都至关重要，那里是身体与浩瀚宇宙沟通的关键。让我们将全部力量集中在腹腔和胸部中心之间的某个点。恐惧集中于此。我们的自我也生发于此。我们要调和自我与恐惧之间的关系。用鼻子深吸一口气，再呼出这口气，让恐惧和自负随这口气飘散在巴黎的天空下。"

"你不觉得这行为实在不利于生态？"

"不。正相反，这么做有利于生态平衡。确切地说，是自我的生态平衡。它能帮你变得更加通透、轻盈。"

提到通透，我更觉虚弱。显然，我过度敏感了。我得

---

① 昆达里尼，一种有形的生命力，蜷曲在人类的脊椎骨尾端的蛇是它的象征。瑜伽和灵力训练，能将它唤醒，逐渐进入中脉，进而唤醒更强大的力量，最终获得极乐。

想办法。我想重新获得昨晚在荟克咖啡馆里经历的灵魂的平和。我决定试试玛利亚的方法。

我们一起练习吐纳。餐厅里的人偷偷向我们投来恐惧的眼神。遗憾的是,吐纳并没有明显的效果,尽管,现在回头看,在特定的条件下,这套方法确实会有奇效。

"你知道吗,玛利亚,我们像是要生孩子。这与其说是瑜伽、灵气治疗,不如说是给孕妇设计的体操。这主意没什么不好的,但你明白我的意思,如果能有镇静剂之类的辅助,效果会更棒。"

"忘了什么辅助剂吧。最好永远不要再碰它!记住我的话!不要说话,继续和我一起吐纳。"

玛利亚又吐纳了两分钟,而我则呆坐着,望着塞纳河对岸的巴黎圣母院。它被修葺一新!看起来就像昨天才刚刚建好的教堂。几年前,我曾在慕尼黑看到一座正在被清洗的教堂,它简直就是一个矛盾体:一半是从13世纪走来的黝黑的、长着皱纹的老妇,一半是皮肤紧致、光洁无比、精心打扮过的年轻少女。我们无疑活在一个过度清洁、热衷拉皮的时代!

"玛利亚,说说你的第二个愿望吧。你打算写小说。你打算什么时候坐下来,开始鼓捣一通?"

"鼓捣一通?"

"一言难尽。男人写作的方法单一,女人则完全不同。"

"我以为全世界的人都用同一种方法写作。要么跟我讲讲你对小说的定义吧。"

"好的。长话短说。小说,简言之,是一种以词为单位的文学形式。你觉得一部小说以多少字为宜?大概十三万字左右。句号、逗号、感叹号、空格都计入总字数,甚至包括词之间的空格。短一点的小说大约有350千字节,被视作经典的旧式长篇小说通常有900千字节。以上是基于种类的描述。我觉得,小说和午餐类似。男人不会这么打比方,但你我都感同身受。准备午餐的时间很长,读者却只知道狼吞虎咽。为了这顿午餐,你先得买食材,把它们一股脑儿运回家,再重新分类,洗菜、做饭、刷碗,前前后后至少需要四个小时,但吃一顿午餐的时间平均不过十五到二十分钟。是什么造成了创造和消费之间的极端失衡?你该和学生聊聊这事,你曾说过,你的女学生远多于男学生。"

"你说得全对,但并不适合大学课堂。无论是欧洲,还是美国,都不适合!"玛利亚说着,用勺子敲碎了布丁上烤得脆薄的透明焦糖壳。

餐厅里的客人越来越少。我俩显然是那种会待到打烊的客人。我感觉呼吸顺畅了许多,幽闭的恐惧也消失了。当然,也可能是第三脉轮与第四脉轮之间的吐纳起了作用。

*

我注意到角落里的餐桌边坐着一对年轻情侣。他们正在接吻,法式深吻。公开场合,旁若无人,无法自拔,饱含深情,魅力四射——抵舌缠绵。男女大防的时代早已过去数百年①。法国似乎是对卫道士的论调最不以为意的国家。伟大的国家!无论是异性还是同性之间,都可以萌发爱情。

法式深吻无疑是性爱的一种!甚至比通常意义上的性爱更加亲密,只需一个吻,你就能尝到爱人的味道。轻吮、吞咽,全部感官都沉浸在对爱人的渴望中。舌头是味觉的中心,也是最重要的发声器官。只需一个吻,你就能体会到爱的精华!最坦诚的至爱!

"我们去巴黎圣母院吧。就在那儿,我们只需过桥,到塞纳河对岸。"玛利亚的话打断了我的白日梦,将我从云端拽回了地面。

"为什么?它已经被打扮成这副模样,一座全新的教堂。"

"被打扮的不是它,是她!"

---

① 不过那位巴黎鞋店里的售货员对性似乎特别敏感。

"为什么是'她'?"

"Notre-Dame 的意思是我们的夫人或女士,也就是圣母。巴黎圣母院显然是有性别的,她是一位女性。"玛利亚说着我半懂不懂的语言学知识。

"好吧,好吧,巴黎为什么没有圣佩特卡的教堂?我会在画完十字后,向她祈祷。我记得在卡莱梅格丹的山坡上有一座献给她的小教堂。"我不禁想起了在故国经历的种种,想起生命里某些困难与甜蜜的时刻①。

"我想起了一些事情。"我继续说,"在贝尔格莱德,瑞兹卡教堂无疑是男性化的教堂,它为纪念军人而建,却

---

① 1993 年是一个艰难的年份。那年的圣佩特卡日,我和 M 前往卡莱梅格丹的教堂,预备向圣佩特卡祈祷。但当我们经过瑞兹卡教堂前的平地时,见证了一幅魔幻而骇人的情景。我们看见一群人——绝大部分是年轻男人和年轻女人——不断涌向瑞兹卡教堂,他们将点燃的蜡烛放在教堂外。每隔五分钟,教堂的几位执事不得不清理一次蜡烛,因为烛蜡就像熔岩般流淌。教堂外墙乃至卡莱梅格丹的防御工事成了临时集会地,人们在此点燃蜡烛。在塞尔维亚人看来,这就是一片泪墙。这还不是最可怕的。据点中心的景象更加触目惊心。只见人群的中心,至少有五十人双膝跪地,匍匐在教堂前的空地上,每个人手里都拿着一根小小的蜡烛,借着半明半暗的烛光,缓慢地、耐心地、一步一步地爬行着,仿佛在寻找着什么。四周一片寂静,眼前的场景就像精心预演过的悲剧仪式。我们问身边人,这群有着如此献身精神的人们究竟在寻找什么,人们回答:麦粒。教堂前的爬行是仪式的一部分。据说,找到麦粒的人能有好收成。那时的贝尔格莱德,不断有老弱因饥饿死去,年富力强者则成群结队地逃离故土,剩下的人们只能在瑞兹克教堂前,在这座为纪念曾在第一次世界大战中捐躯的塞尔维亚战士而建的教堂前,匍匐着,寻找麦粒。

以女性的名字命名。这座教堂就在圣佩特卡的教堂旁边。圣佩特卡教堂也以女性的名字命名,却是一座女性化的教堂。两座教堂都以女性名字命名,但一座阳刚大气,一座却阴柔无比。"

"你在克吕尼博物馆背后的花园里曾对我说,此生,你相信爱、艺术,相信自己,相信新基督教精神。你所说的新基督教精神指的是什么?"

"好吧,我们又回到了第二个愿望的第一部分。准确地说,是我的信仰。我们需要一种全新的基督教精神。实际上,新的基督教已经征服了部分地区。我所谓的新基督教精神即实用的基督教精神。"

"实用的基督教精神?!"玛利亚惊讶地说,"这是一种什么精神?我从没有在书中读到这个词。"

"这个词是我发明的。我觉得有必要发明一个词,专门指代诞生于教堂但可以应用于民法、宪法、规章制度、实际的日常生活等方方面面的基本教义。简单说来,第一律即制定一项新的公共规章,例如街面必须有斜坡,以便推着婴儿车的母亲或坐在轮椅里的残疾人可以更轻松、更安全、更有尊严地过马路——这就是实用基督教精神。如果不做到这一点,所谓帮助无助的人、困境中的人、弱者,所谓慈善待人,不过是一纸空谈。空有口号,却无实事。"

"按照你的说法,今后将会有无数条方便行人通过的街道。"她的眼睛里仿佛有一片可以看见天空的清澈湖水。

"没错。那些吹毛求疵、喜欢抱怨水杯尚有一半未盛满的人,固然能洞见实用基督教精神的种种缺点,但我觉得问题的关键并非实用基督教精神本身,而是这些人看待世界的方式。"

"问题在于观察的眼光……扯远了,你难道不想拜访巴黎圣母院吗?"

"玛利亚,我的购物袋怎么办?我带着三双鞋!没法去。教堂和博物馆不一样,没有专门的衣帽储藏室。不如就隔着窗户瞻仰,也算象征性地去过了。我还可以和你讲述我的实用基督教精神的关键。"

"这又是什么预言?"

"不,是现实。不过,人们往往选择视而不见。"

新基督教精神

宗教箴言已经失去生命力,将耶稣刻画成自我牺牲精神的化身的箴言。现在,自我牺牲精神被视作受虐癖,被贴上不必要、过分甚至无用的标签。你可以简单地将怯懦与自保画等号,将勇于担当和过度的自我牺牲画等号。毫无疑问,它们都是罪行,但最大的伤害,来自那个甘愿牺牲的人。

实际上,因为硬脊膜外麻醉术的发明,就连生育也不再意味着牺牲!

难以置信,直到今天,基督教精神仍旧以特定性别为中心。耶和华、耶稣、穆罕默德、佛陀,他们都是男人。圣母,是唯一的女性神祇,却是作为生育半人半神的男子的手段而存在!不正常、不公正、不真实的教义仍影响着全世界。自然的基督教精神应以男性与女性两者为中心,必要的话,还要考虑男女之外的第三种范畴。

在日常生活中,存在三个范畴:男人,女人和孩子。

丹·布朗在《达·芬奇密码》中公开了女性的历史。我想,一定有人会说,除了丹·布朗,还有许多人持类似的观点。这些人认为耶稣结过婚,并遭遇了困境,而我们中的某些人正是他的后代。的确如此,只不过其他人的书并没有成为世界级畅销书,而丹·布朗最先让自己的观点为人所知。当然,他也有自己的创见。他找到了耶稣的妻子——抹大拉的马利亚——埋葬的地点。他将她"埋葬"在巴黎,"埋葬"在卢浮宫内的金字塔下。

昨晚,在卢浮宫,我看到了耶稣之妻和耶稣本人共同的画像。我在同一幅画像中,在同一张脸上,看到了她,马利亚,也看到了他,耶稣。

那幅画是《蒙娜丽莎》。

蒙娜丽莎正是全新的双性的基督教精神的象征。这也是为什么她散发着难以抵挡的魅力。她既是女人,又是男人。与此同时,她既不是全然的女人,又不是全然的男人。她就是全新的弥赛亚,是全世界的希望。

不仅如此。蒙娜丽莎相当于是基督教体系中的女佛。她如此自足,如此平和,却并不对称,她放弃成为男人,也放弃成为女人,转而成为雌雄同体的存在。

当爱不再以男人为中心,也不再以女人为中心,则意味着新时代的到来。经历了数千年,我们终于可以向我们的同胞宣布,爱的赞歌是双重唱。多么愉快的消息啊!这份快乐,来自虔诚的信仰。

爱,将生命赐予我们的双亲。爱,也和所有孩子一样,有自己的父亲和母亲,一位女人和一位男人。爱源于男人,也源于女人。基督教精神属于男人,也属于女人。

现在如此,将来如此,也将永远如此。

*

暮光落到了塞纳河的桥下,河面上闪烁着粼粼波光,夕阳映照着河中的小岛,巴黎圣母院就在这座岛上。

"我们终于,终于,回到了爱的本原。你说爱属于男人和女人,基督教精神属于男人和女人。这让我想起一种蛇,轮回之蛇,衔着自己尾巴的蛇。在巴黎的这一天,我们经历了太多。"玛利亚疲倦地长舒一口气,"一开始,我们在丽兹酒店吃早饭,多么清新的开始。随后,是精彩纷呈的一天。一天时间,我们的经历跌宕起伏,太意外了!"

"因为我们很少见面,我们一直想念着对方,想念着彼此的灵魂。我们之间隔着整个欧洲大陆和大西洋。现在,我们正好在物理意义上的中点相遇了,必须抓紧时间。你我将满载而归。"我看着装靴子的购物袋,思考该如何将在这里的种种无形收获打包带走。我似乎要用上微积分公式。

"请代我向你的丈夫问好。"玛利亚拍拍我的肩膀。

"也请你代我向你的丈夫问好。"我向她行了贴面礼。

上帝指引了我们,想到这里,我感动得无法自已。毫无疑问,上帝也会指引我的丈夫。

*

丈夫正在莱谢勒街街角的酒店里等我,他坐在半明半暗的不规则形状的粉色房间里,叼着烟斗,抽着一根香味迷人的高斯霸小雪茄。我知道,抽小雪茄意味着他度过了非比寻常的一天。高斯霸是个好兆头。尽管一天还未结束,但他似乎已经心满意足。他的水杯越来越满。但我预备让他注意到,水杯还有一半尚未斟满。

"今天,你和玛利亚玩得如何?"他一边问,一边呼出一团烟。

"很好,开心极了。我终于在离开巴黎的前一天吃了一顿令我满足的早饭,中饭也不错。我们畅所欲言,无话不谈。另外,我还买了三双靴子。"我随手将购物袋扔进了给女士准备的双层衣柜。衣柜很结实,纹丝不动。

"你们都聊了什么?"他又呼出一圈蓝色烟圈,他手里的深色小雪茄看起来真像男人的包皮。

"无话不谈,"我说着,脱下了我的黑色蕾丝长筒手套,"关于巴黎,关于我们的后代。当然,也聊了其他的,就不一一说明了。你今天都做了些什么?"

"来巴黎的例行公事,都是商务礼节。你很讨厌,但我还算轻松。"

"和出版商们讨价还价,令人头痛。与其卖书,我宁愿买鞋。不如现在就去转转?"

"你不累吗?过去的三天,你一直因为各种事折磨自己。谢天谢地,我没有陪你买靴子。"

"我也要谢谢老天爷,我没有陪你卖书、卖剧本。是的,我不累,我感觉好极了,如释重负。"我深吸一口气,试着让这口气通过第三脉轮,"我刚刚按照玛利亚教我的方法练习吐纳。我需要空间,宽敞的空间。我们一起去拉德芳斯吗?"

"去拉德芳斯?这个时候?现在已经快七点了!晚上在拉德芳斯能做什么。所有的店都关门了。"

我从未在夜里到过新凯旋门。我想欣赏它在黑暗中发光的样子,看看是否有什么特别之处。这可是我们在巴黎的最后一晚。

*

当古老、局促的巴黎几乎让我窒息时,我们就会去新凯旋门。它在塞纳河对岸的街区,一个全新的街区。那里的建筑充满了未来感。玻璃摩天大楼,半球形的巨型建筑,玻璃、铬合金、钢筋,总之,是典型的以奢华著称的法兰西风格的当代建筑,有着令人惊异的美。它迥异于任何一座欧洲、美洲、非洲、亚洲的现代都市的城内或城外部分。

在新凯旋门,你可以畅快呼吸,不必担心心绞痛之类的毛病①。

新凯旋门矗立在拉德芳斯的中心,这座拱形建筑也被称作拉德芳斯大拱门,以这个街区的名字命名,意为巴黎的最后一道城防。

但现在,新凯旋门不仅仅是一座拱门②。它伫立在一片开阔的高地的边缘处,是这处象征着永恒的广场的平滑边线。它仿佛一个巨大的等待嵌上画作的白色画框。它的中心就像被咬了一口,被掏空,被裁掉。新凯旋门的体积固然夸张,却比例完美。它完美地融合了古典风格与现代风格,展现了狂野之美。此外,它的脚下还有钢筋搭成的形似波浪的白色帐篷,帐篷顶是无数圆形的镜面!

新凯旋门建于1989年,由丹麦建筑家约翰·冯·斯派克森设计。法国政府发出征集建筑设计方案的邀请后,他递交了一份建筑设计草图。但在得知竞标成功的消息后不久,他便告别人世,未能亲眼见证自己的设计在现实中拔地而起。法国人民在秉持民族主义的同时,也认可世界大同的主张,他们的魅力即在于此。我从未见到另一个民族

---

① 在贝尔格莱德,从老派、拥挤的老城逃亡到布局迥然、空间开阔的新城,能让我的身心迅速获得抚慰。跨过布兰科大桥,置身更美丽的贝尔格莱德新城,我顿觉思绪开阔。我很喜欢贝尔格莱德新城。

② 拉德芳斯的新凯旋门的中部是空的,两侧有商铺、博物馆、长廊,顶部有供直升机使用的停机坪。

像他们这般自爱到近乎自我保护的程度。但与此同时,他们又始终向其他民族敞开自己的怀抱。显然,只有真正伟大、发达、自信的民族才拥有这样的气度。

巴黎地铁一号线是唯一一条直达拉德芳斯的地铁线。

每个城镇都有它的防御工事、城墙、堡垒,有的是真实存在的,有的却存在于人们的想象中。例如,贝尔格莱德有一座真正的堡垒,如今,它仍旧伫立在卡莱梅格丹。此外,贝尔格莱德还有一处虚构的堡垒,即地铁二号线,它就像一座由轨道组成的城墙。巴黎的地铁一号线不一样,它是一条笔直的线路,直达终点——拉德芳斯。

进地铁口时,你在巴黎老城;出地铁口时,你在巴黎的纽约。

我们的酒店就在皇家宫殿附近,毗邻地铁一号线的站点。

刚走到地铁口,我就感觉一阵热浪扑面而来,是狭窄密闭空间内的无人驾驶的地铁在高速运行时产生的对流风。人群摩肩接踵。当时是晚上七点,正好是下班时间。空气中弥漫着紧张的气息,还夹杂着一丝轨道机油的味道。

"你确定现在去拉德芳斯?"M艰难地随着人群向前,大声喊道。

"我心意已决。我确定。"我微笑着,做好了直面恐惧的准备。

"去拉德芳斯很要费一番功夫。"他再一次提醒我。

"不管多远,我都要去!"我在喧嚣的人群中大声回应着。我想,我已经有了新的防御绝招。速度 + 第三脉轮 + 信仰,它们会起作用。

我鼓起勇气,随着拥挤异常的人流,钻进无人驾驶的地铁。太可怕了。每个人的空间小到不能再小。空气中的氧气含量恐怕只有千分之一。如果人工鱼鳃成为现实,此刻一定能派上大用场。我闭上眼睛,悄悄地用第三脉轮呼吸。列车的速度堪比离弦之箭。列车在地下轨道飞驰,发出尖锐的呼啸声。我始终闭着眼睛,用脉轮调理呼吸。陌生人的胳膊肘不时戳到我,汗津津的手在人群中见缝插针,混血儿呼出的热气喷在我的脖子上……人们就像盘在窝里的蛇,彼此贴近。

我真希望地铁一直向前,永远不要停下来。我必须适应,别无他法。我要让我的每一个细胞适应这一切。为此,我必须使出浑身解数。

在呼吸、速度、信仰的共同作用下,我缓缓地睁开眼。拥挤异常的车厢里一片寂静。我试着打量身边每一个人的脸孔。有的人双眼紧闭,有的人正在用第三脉轮呼吸,绝大多数人都表现轻松。他们已经身经百战,时刻准备着。我被他们，也被自己深深地打动了。我彻底放松，甚至嗅到远处有我最喜欢的香水味，秘炼之香。我一直含在嘴巴里的薄荷糖开始在舌面上融化。M就在我身边，他的身体如此结实，他是我的爱人，爱人的肉体格外特别。

我笑了，谜一般的微笑，和蒙娜丽莎一样。

很快，我们便到了终点站。

"你看起来精神好得出奇。"我们从地铁出来时，M不禁对我说。我们的身体总算恢复了常态。

"你看起来性感极了。我喜欢你在地下的样子，也喜欢你现在在地上的样子。我会一直爱你，爱你直到永远。"

"比永远还要再多一天。"

"比永远还要再多一天。"我以法式深吻回应着他。我的舌头抚过他身体内的肌肤。

我们来到了夜晚的拉德芳斯。这片开阔的高地夜景和白天相比，简直是两副脸孔。空无一人的广场，才是广场中的广场；没有迷宫的迷宫，才是真正的迷宫。空旷无垠的广场成就最伟大的迷宫，更何况，此刻的高地笼罩在夜幕之下。建筑的大型玻璃外墙反射着光线，照亮了我们周围的路，但我仍旧头昏眼花，迷失了方向。周围的一切，像是玻璃另一边的事物，如此陌生。我感觉自己是在原地转圈，直到闪闪发亮的白色新凯旋门出现在我眼前。在夜灯的照耀下，它更加雄伟、更加自成一格，体现了创造者高度的自信。它就像夜空的白色画框。

"一眼看不到尽头的自动扶梯能把我们带到拱门的另一边吗？"我对M说，"一路上，我都在研究地铁出口的指示牌。我们一直都沿着指示新凯旋门的方向走，没有错过任何一个路口。"

"我也有点糊涂了。"M四下打量，"空荡的广场果真是最大的迷宫。"他说出了我的想法："我很熟悉这里的一切，今天，大概是我第十万次来这里，可我们一直在拱门的这一边兜圈。"

"我们去不了另一边。另一边什么都没有。这里是巴黎的尽头、边缘，是巴黎最后的城防，至少现在是的。"

"我们得找人问问。"他继续四下打量。

无边无际的高地上一个人都没有。拉德芳斯是巴黎的商业区。但在傍晚七点，只剩星星点点的灯光，与午夜零点无异。

这时，一位穿黑色短外套的女人朝我们的方向走来，她显然急着回家，想尽快离开这与世界尽头无异的高地。置身巨大的广场，每个人都会生出飘零之感。

M向她询问怎样才能到拱门的另一侧——那一侧可能是拱门的正面，也可能是背面。

"Monsieur①，你现在在巴黎，在新凯旋门的右侧。另一侧是另一个城镇。"她说完，便匆匆逃开。

我们看着她，面面相觑。

"她说的'另一侧是另一个城镇'是什么意思？另一个城镇？"我嘀咕着，"我们从拱门穿过去，看看另一侧到底有什么。我想亲眼看看新凯旋门的另一边。这也是为什么我坚持要来这里的原因。"

这巨大的拱门仿佛夜空的画框，我们拾级而上，缓缓向画框的另一侧走去。

另一侧，竟然还是白昼。阳光炽烈如夏。

还有一座城镇。

一座绿色的大型城镇。

这正是我预言的未来城市。

"你看见了吗？"我一字一顿地问丈夫。

"我看见了。"他说。

"未来已经降临！就在我们眼前。我早就知道，我会亲眼见证这一切！"欣喜的眼泪滑过我的脸颊。

"这是巴黎给你的法式深吻。"他不住地摇头，眼前的一切，真让人难以置信。

"不。这一吻是巴黎式的，是阴柔的，是柏拉图式

---

① 法语，意为：先生。——译者注

的。法式深吻是男性化的。巴黎之吻则是来自女性的轻吻。巴黎给了我一个男人能给所爱女人的全部。"

此刻,拱门后的城镇沐浴在暮色之中。夕阳正在一点一点退去。地平线越来越暗,最后与我们头顶的夜空化作一色,我们这才转身,踏上了回家的路。

"我的家既在拱门的这边,又在拱门的另一边,既属于过去,又属于未来。是爱的勇气,让我获得无与伦比的幸运。"我迫不及待地说出心中的感受。

*

离开的那天早晨,在前往机场重回多乔尔的公寓前,我们和巴黎郑重地道了一声再见。Au revoir[①]!

离别时,巴黎的天空清澈如水晶。晴空压得低低的,仿佛就在我们头顶。我们站在卢浮宫巨大的金字塔前,透过卡鲁塞尔门,看到通往杜乐丽花园的白色鹅卵石路,看到协和广场的方尖碑、香榭丽舍大街、凯旋门,看到尽头处的几何形高地,看到高地上高耸的白色新凯旋门。只需一眼,我们就能看到地平线的尽头。我们还看到,卢浮宫前玻璃金字塔的塔尖与协和广场上古埃及的方尖碑顶部金

---

① 法语,意为:再会。——译者注

字塔的尖端处在同一水平面。如果将巴黎比作一颗钻石，此刻我就在钻石垂直截面和横截面交错的中心点。

很快，我们就坐上了飞机，当飞机跨越了阿尔卑斯山，玻璃杯中的水开始颤动，山巅的神秘能量与玻璃杯中的水在发生微妙的共振。

"现在，我们自在、温柔、轻盈……"我的脑海里再次闪现茨尔年斯基的诗句。

这是我一生中，第一次不为离开而遗憾，也不再期待下一次重返。我只是平静地享受着自在、自主的感觉。无论置身何地，无论今夕何夕，故国始终是我唯一的渴望。

飞机降落了。它回到了祖国母亲，回到了塞尔维亚的怀抱。祖国不仅仅是一片故土，她还是我的母亲，我的家扎根在这片土地。遗憾的是，在我的母语中，没有一个词专门指代生儿育女的地方，指代坠入爱河的地方，指代用母语写书的地方。我只能说，这里，是我的祖国。

儿子已经在机场等我。他很想念我，我也很想念他。我将装着礼物的袋子递给他。我总是将给他的礼物作为随身行李带在手边。它们异常珍贵。

回到家，我打开行李箱，掏出靴子，随后，小心翼翼地找到那条印有巴黎之吻的粉红色手绢。我拿着手绢，奔向我的衣橱。我打开装晚礼服的抽屉，将这柏拉图式的、属于女性的巴黎之吻和那些闪闪发亮的裙子珍藏在一起。

巴黎之吻和晚礼服，显然是天造地设的一对。

我想，我永远不会收获比巴黎之吻更珍贵的旅行纪念了。

但是，永远不说永远……

贝尔格莱德—巴黎—贝尔格莱德
2006 年 11 月—12 月

PARISKI POLJUBAC by Jasmina Mihajlović
Copyright © 2007 Jasmina Mihajlović
This edition is published by arrangement with Tempi Irregolari, Italy.
本书中文简体字版版权，浙江文艺出版社独家所有。
版权合同登记号：图字：11-2016-462号

图书在版编目(CIP)数据

巴黎之吻/[塞尔维亚]雅丝米娜·米哈伊洛维奇著；刘媛译.—杭州：浙江文艺出版社，2018.8
ISBN 978-7-5339-5327-0

I.①巴… II.①雅… ②刘… III.①长篇小说—塞尔维亚—现代 IV.①I543.45

中国版本图书馆CIP数据核字(2018)第113423号

策划统筹：曹元勇
责任编辑：王丽荣
文字编辑：王璐莎
封面设计：裴峰南
责任印制：吴春娟

巴黎之吻

[塞尔维亚]雅丝米娜·米哈伊洛维奇　著
刘　媛　译

出版：浙江文艺出版社
地址：杭州市体育场路347号　　邮编：310006
网址：www.zjwycbs.cn
经销：浙江省新华书店集团有限公司
印刷：上海中华商务联合印刷有限公司
开本：787毫米×1092毫米　1/32
字数：123千字
印张：7.25
插页：4
版次：2018年8月第1版　2018年8月第1次印刷
书号：ISBN 978-7-5339-5327-0
定价：46.00元

版权所有　侵权必究

(如有印、装质量问题，请寄承印单位调换)